小学館文庫

海が見える家　それから

はらだみずき

小学館

海が見える家　それから

0

会社を辞めたあなたは、田舎に逃げたに過ぎません。

楽な道を選んだだけです。

どうせ長続きはしないでしょう。

働かざる者食うべからず。


さようなら。


ゴールデンウイーク明けの月曜日、まだ夜の明け切らない海へ向かった。

サーフボードでひとり沖へ漕ぎだしてから、どれくらいの時間が経っただろうか。

地上の気温が上昇する前、海の上は無風に近い。靄のかかった薄暗い海面には、ちぎれた海藻ひとつ浮かんでいない。鏡のように空を映し、自分を乗せ、揺りかごのように静かにゆらめいている。目に映るすべてのものが、まるで生まれたてのようにまっ・さ・ら・だ。

知られたサーフポイントであれば、平日であろうと早朝からサーファーたちの姿がある。出勤や通学前に海に出る〝ドーンパトロール〟と呼ばれる乗り方だ。けれど今、見渡す海には自分のほかに人影はない。だれに気がねする必要もなく、まさに貸し切り状態だ。

けれど、いい波はなかなかやって来ない。

ようやく来たかと思えばタイミングを逸し、うまく波をキャッチできず、波間に置いていかれる。

あるいは焦りすぎ、ボードから意図せず落ちてしまう。

――ワイプアウト。

再びボードに腹ばいになり、海のカウボーイは沖へ向かう。

ボードにまたがり、波待ち。

見えない水中では、カモのように懸命に足を動かしてバランスをとりながら、白みはじめた東の空に目を細め、沖を見つめる。

海原で、ひとりぼっち。

波の音しかしない。

岸から吹くオフショアの風。

潮の香り。

サーフボードからの眺めは、教えてくれる。

最も価値あるものは、金で買えるものではなく、だれのものにもなり得ない、これら自然であることを。しかも彼らは、入場料どころか、一回いくらのチケットさえも要求したりしない。すべての大いなるアトラクションは、ただで提供されるのだ。

思わず口元がゆるむ。

東の空の生まれたての太陽が低い山を昇りかけた頃、ようやくいい波をとらえ、なんとかテイクオフを決める。

――波に乗る。

母なる生命のうねりを、ボードを通して足裏で感じながら、両腕で危なっかしくバランスをとり、勇気を持って視線を上げる。

沖から、だれもいない陸を眺める。

至福の瞬間。

その景色は、今日が命日の父も、同じボードの上から眺めた風景だ。

朝日に照らされる岬の緑が目にしみる。

波の勢いが尽きる前、自らからだを斜めに倒し、海に身を委ねた。

だが、心は晴れない。

リーシュを引いてボードを回収し、再び沖へ向かう。

しかし、さらなるチャレンジは徒労に終わった。

波打ち際の濡(ぬ)れた砂に足跡を残しながら、陸へ上がる。

足跡はすぐに波に消された。

近いうちにまた来ればいい。そう自分に言い聞かせながら一歩ずつ踏みしめて歩く。

初心者の域はまだ脱していない。自覚してもいる。サーフィンはそう容易(たやす)いものではない。想像以上に、過酷でもある。

見上げた岬の森の上空には、いつものようにトンビが輪を描いている。その向こうに青い空が広がっている。

なにかに祈ることなど、あまりしてこなかった人生だったが、海に向かって静かに手を合わせた。自分にできる供養とは、思いがけず早く逝った父の無念に心を寄せること。つまりは父の愛した景色を、同じ波の上から眺めることでもあると信じたかった。

黒のウエットスーツを着たまま、サーフボードを抱えた緒方文哉(おがたふみや)は、鬱蒼(うっそう)とした岬の森へ向かった。人がやっとひとり通れる小径は、だれかに出会うことはない。ここは地元の人間すらほぼ訪れない、いわば秘密のスポットなのだ。

初めて訪れたのは去年の夏。行く手を阻む草木や斜面にかなり手こずった。今はビーチサンダルでも小走りで駆け抜けることができる。自分の求める動きに応じて、からだが変化してきたようだ。屋外で過ごす時間が多くなり、肌は浅黒くなった。

岬の行き止まりの道に駐車した型の古いステーションワゴンにたどり着くと、車体と同じオレンジ色のロングボードをルーフキャリアに積み、タオルでかるく髪と顔を拭く。背中のジッパーを下げ、ウエットスーツをゆるめ、ペットボトルに詰めた冷たい水で喉を潤す。ふーっとゆっくり息を吐いた頬を、初夏の風がやさしく撫でた。

車に常備している束ねたロープを手にし、風化した防波堤を乗り越え、岬の手前にある砂浜をゆっくり南へ歩いていく。

父を亡くした文哉が、この岬の近くにある、海が見える家で暮らしはじめてから一年が経とうとしている。一年で一番にぎやかな夏が過ぎ、潮が引くように人々が去る秋を経て、盆地特有の寒暖の激しい冬をなんとか乗り越え、ようやく命萌える春を迎え、一時的に海辺の町がにぎわうゴールデンウイークが終わったばかりだ。

大学時代に付き合っていた川上美晴からの短いメールは何度も読み返した。

自分は会社を辞め、田舎に逃げてきたに過ぎないのか。

楽な道を選んだだけなのか。

長続きはしないのか。

何度も自分に問いかけてみた。

浜辺にぽつんと打ち上げられた、目当ての流木に腰かけ、海岸線を眺める。見渡す限り浜辺には、人っ子ひとりいない。寄せては返す波の音を聞きながら、そのとおりかもしれない、と思う。

おれは会社を辞め、東京からおよそ百十キロ離れた田舎、ここ南房総へ逃げてきた。楽になりたかった。

そして、ようやく一年が過ぎた。

ただ、正直、それほど楽ではなかった。

もし人生に楽な道というのがあるなら、なぜみんなそれを選ばないのだろう。いや、そもそも本当に、選べる楽な道なんてものが存在するなら、教えてほしい。

文哉は今も定職に就かずに暮らしている。

ふと思った。

――これから、どうなるのだろう。


去年の五月、会社を辞めたときも、漠然とした不安を抱いた。

あの当時、なんのために働くのかさえ、文哉は深く考えていなかった。

我先にと就職戦線の海原へと繰り出していく、リクルートスーツを着こんだ同期に釣られるように、その波にとりあえず乗ろうとした。でも、なかなか上手くは乗れない。そしてようやく乗ったかと思えば、あっけなく、ワイプアウトしてしまった。サーフィンでいえば、なにも知らずに海に入ったようなものだ。波のサイズもコンディションも、風の具合も、潮の動きも、特定の海岸でだけ適用されるローカル・ルールというやつも……。

会社に勤めたのは、たったの一ヶ月。

自分の職場がブラック企業だと判断し、上司に辞めると短いメールを送り、そのまま出勤しなかった。大学を卒業し、四月から社会人としてスタートを切った矢先のことだ。

数日後、「あんたの親父（おやじ）、亡くなったぞ」とこの土地の人間から連絡があった。ぶっきらぼうな声の主は、今も世話になっているベテランサーファーの坂田和海（さかたかずみ）。半信半疑のまま、たどり着いた館山（たてやま）の病院のベッドで再会した父の芳雄（よしお）は、記憶とはまったく異なる風貌をしていた。今にして思えば、父は若かりし頃のサーファーにもどっていたのだ。

会社を辞め、田舎暮らしをはじめた父が遺（のこ）したのは、千葉県南房総の丘の上にある、海が見える家。といっても、別荘が建ち並ぶこの界隈（かいわい）で最も古く、いちばんみすぼらしい平屋だ。かつては、町内会の集会所に使われていたらしい。そして、オレンジ色のサーフボードと、同じ色のステーションワゴン。五百万円の預金。

葬儀は行わず、火葬した。拾った骨は骨壺に収め、今も家に置いてある。

死後わかったことだが、家族と疎遠になっていた芳雄は、この地で十軒の別荘の管理業務を請け負い、暮らしていた。

最初はそんなつもりはなかった文哉だったが、父の遺品整理を進めるうちに、この地での芳雄の足跡を追うことになった。縁もゆかりもない土地に、なぜ、と訝ったが、サーファーだった学生時代、芳雄はこの地で出会った女性、和海の姉、夕子と恋に落ちていたことを知った。芳雄と同じく離婚を経験し、この地に娘、凪子ともどった夕子は、すでに亡くなっていた。

おそらく芳雄がこの地でオレンジ色を好んだのは、夕子の名前にある、夕陽の色にちなんだものだ。年甲斐もない愛情表現、と言ってもよいかもしれない。

芳雄が定年前に会社を辞め、ここで暮らしはじめた理由は定かではない。離婚後、男手ひとつで姉の宏美と文哉を育て上げた芳雄は、ようやく自由を手に入れ、青春時代に過ごした地に舞いもどった。父と縁のあるこの土地の人と交わるうちに、そのことは強く感じた。そして父にとっての思い出の地、南房総が、文哉にとってもなにか故郷のように思えてきたのだ。

姉の宏美と遺産を分けるために、丘の上の海が見える家は当初売るつもりだった。

無職となった文哉は早くまとまった金が欲しかった。しかし初めて父のサーフボードで波に乗って遭難しかけたあと、文哉はここでの生活に気持ちが傾いていく。結婚が破談となってしまった宏美も、結局一緒に暮らしはじめた。

父の遺影を飾った海が見える家は、皮肉にも、離ればなれになった家族をもう一度同じ屋根の下に集わせた、とも言える。

1

——それから、海が見える家での暮らしがはじまった。

文哉は、別荘の管理業務を父から引き継いだ。

宏美は、婚約者に騙(だま)され一度はあきらめかけた雑貨屋を、家の一部をリフォームしてはじめた。父の遺した預金五百万円を宏美が、海が見える家を文哉が相続した。

別荘管理についての契約更新月である昨年九月、文哉は父が作った契約書のとおり、一区画一棟当たり月額五千円の管理費を一年分、新規契約者を含め十軒の別荘所有者から受け取った。合計六十万円の収入だ。

だがその金は、別荘管理の一年分の前払いに過ぎない。ほかに仕事がなければ、年収は六十万円に留(とど)まってしまう。

文哉の再スタートは、それなりに順調にも思えた。別荘の所有者が訪れる時季には、頼まれる雑務をおおいに引き受け、基本の契約金以外の報酬を得た。庭の手入れ、犬の散歩、害虫駆除、大型ゴミの廃棄、電球の交換、基本的にはなんでも引き受けるスタイル。契約者の多くは高齢者であるが、経済的には裕福なせいか、雑用を金を払って人に頼むことに抵抗がないようだ。

文哉ひとりで対処が困難な場合は、父の死を報せてくれた、便利屋を営む和海に助っ人を頼んだ。四十過ぎの和海は、文哉が父の家を売らずこの地で暮らす決断をする際、背中を押してくれた恩人だ。サーフィンをはじめ、海で食料を調達する方法、家屋の修繕など、さまざまなことを教えてくれた。

一方、家の一部屋を改装して宏美がオープンさせた雑貨屋は、閑古鳥が鳴き続けた。別荘地の丘のいちばん上にある一軒家まで、わざわざやって来る物好きな客などそういない。和海の姪っ子、亡くなった夕子のひとり娘、十八歳の凪子は引きこもり気味だが、流木のオブジェや貝細工をつくる非凡な才能を持っている。その作品を宏美の店で扱っていたが、近くの道の駅での委託販売のほうがよほど順調な売れ行きを示していた。

「やっぱり、店は立地だね」

肩を落とす宏美は、館山駅近くの〝渚銀座〟と呼ばれる歓楽街のスナックで働きはじめ、深夜に酔っ払って帰って来るようになった。

文哉が学生の頃に田舎を旅したとき、自然いっぱいの緑のなかにぽつんぽつんと点在する家を眺め、こんなところでいったいなにをやって暮らしているのだろう、と不思議に思った覚えがある。まさか自分がその当事者になろうとは想像もしなかった。

会社を辞めたことにより、職場におけるストレスや悩みからはたしかに解放された。だが、同時に定期収入と自分の居場所を失い、東京での便利な暮らしを手放し、恋人からも見放されてしまった。就職をせずに生きていく方法は、美晴のメールにあったような楽な道には到底思えなかった。

ブラック企業から逃げ出した文哉は、地方の会社にすんなり勤めるつもりはなかった。ここで暮らしはじめたのは、東京での暮らしを再現するためではない。別な生き方を望んだからだ。しかし、これといって思い当たる方法があったわけではなかった。

体裁を守りつつ二十三年間生きてきた文哉にとって幸いだったのは、ここでは他人の目を気にしなくてよかったことだ。すでに親の目はなく、あれこれ言ってくる身内もいない。例外なく過疎化と高齢化が進む田舎町では、比較される同世代もあまりいない。

しかし、別荘から人が去った、去年の秋のこと、文哉は砂浜で茫然（ぼうぜん）とした。古い歌の文句ではないが、それこそ連日、海にはだれもいない。そんな風景のなかにぽつんと取り残され、急に背筋が寒くなった。

貯(た)めていた金はあるにはあったが、使うのはためらわれた。というより、使うことがこわかった。

基本的には別荘の管理人である文哉は、便利屋を営む和海の仕事を手伝うほかに、アルバイトで稼ぐ方法も考えたものの、安易な選択はしたくなかった。それでは美晴のメールにあったように、長続きはしない、と思えたからだ。

お金を稼いでなにかを得るよりも、まずは節約。そして、あるものを捨てずになるべく生かすことを強く心がけた。それは結果的には、お金を稼ぐことと等しい行為にもなる。

生活費のなかで高い割合を占めるのは、やはり食費だ。そこで食べるものは買わずに、なるべく自力で調達する生き方を選んだ。

——目指したのは、持続可能な自給自足。

この文明社会では不可能に近い、と言われていることはわかっている。でもなんとか近づけることを文哉は模索した。地元のスーパーで、自分が釣ったことのある魚が思った以上に高値で売られているのを目にして、そう決心したのだ。今までは金を使って買っていたものを、なるべく買わずに調達するという生き方だ。

去年の夏から秋にかけては、釣りに加え、素潜りを覚え、食料を海から調達することができた。多くはスーパーなどでは流通していない魚介類だったが、けっして味は引けをとらない。海のなかでは、最初は磯（いそ）と同じように貝やカニを狙っていたが、ある日、思いがけず手づかみで魚をつかまえることに成功した。それは二十センチほどのカサゴで、岩棚の下に隠れているのを見つけ、とっさに両手で押さえこんだのだ。

その体験から、岩棚の陰に隠れた魚を狙うようになった。水中メガネにシュノーケル、軍手をして、家にあった磯ガネを手にする。腰にはスカリ——網製のびくを結んで泳ぐ。素潜りでとった獲物は、素早く磯ガネでトドメを刺し、スカリに入れる。狙ったカサゴに逃げられる場合もあったが、海に来れば、その日の夕飯のおかずくらい、なにかしら持ち帰ることができる。そのことが、経験を通してわかってきた。問題は、それに費やす時間なのだが、幸い文哉には時間だけはある。海は近く、通勤電車に乗る必要もない。

それは、これまで文哉が知らなかった、やってこなかった生き方でもあった。

まったくのその日暮らしに近いが、思いがけない幸運に恵まれる日もあるし、自分の知恵により、うまくいく日も増えた。なにより自分で考え、工夫するその行為自体が楽しかった。

もちろん、うまくいかない日もある。九月には、台風の影響で海が荒れる日が続いた。やがて水温が下がると、ウエットスーツを着こんでも、海に入るのは厳しくなった。磯などで採集できる食料も減ってしまう。寒風吹きすさぶ厳冬の海辺での活動は、孤独であり、突然叫びたくなる日もあった。

　うまくいく日が少なくなった。まさに自分は自然の影響を受け生きている。そのことを痛感した。

　あまりにも無力であることを。

2

　そんなある日のこと。早朝釣りに出たがまったく釣れない〝ボウズ〟に終わって帰宅した文哉は、部屋から出てこない宏美に声をかけた。

「姉ちゃん、もう十時だぞ」

　しかし返事がない。

　引き戸を薄く開け、なかの様子をうかがうと部屋の布団が上がっている。不審に思い、踏み入れた畳の足もとに便せんが落ちていた。

「文哉へ」と宛名が書かれていた。宏美の置き手紙だった。

　文哉へ。

私は、この家から旅立ちます。

都会暮らしに慣れた私には、田舎の生活はどうも合わないみたい。

だから心配しないで。

お店については、文哉に一任します。やめてもかまいません。

カンカンに入れたお金を少しだけ借ります。

落ち着いたら連絡します。

それではお元気で。

宏美

「姉ちゃん……」

文哉は絶句し、部屋を見渡した。

宏美の荷物が大方整理されている。

カンカンというのは、泉屋のクッキーの四角い缶のことで、生前、芳雄が契約者の別荘の鍵や業務記録を入れていた、いわばこの家の金庫だ。文哉と宏美が共同生活する上で使う現金もここにしまっていた。

文哉は、そのカンカンの蓋を開き、愕然(がくぜん)とした。

手紙には「少しだけ借ります」とあったが、小銭までなくなっている。

文哉は空気が抜けたようにしゃがみこみ、そのままごろんと畳の上に大の字になった。

——逃げやがった。

涙は出なかった。

腹の虫が、ぐるるるーと大きく鳴った。

家事をほとんどやらず、このところ自堕落な生活を送っている宏美に何度か文句を言った。が、いなくなるとは予想していなかった。お互い助け合って、とまでは言わないが、干渉せず、そこそこうまく暮らしてきたつもりだった。

姉が出ていって、月二万円もらっていたいわば家賃収入が途絶える。年間にすれば二十四万円。かなりな痛手だ。

3

〝働かざる者食うべからず〟

美晴はメールにそう書いていた。

仕事をして稼がない者は、食べることは許されない。そういう意味だと文哉は理解していた。

そもそも「働かざる者」の「働く」とは、どういう意味なのか、文哉はぼんやりながら考えるようになった。そういえば、ここへ来てから、文哉はいろいろなことについて、思いを巡らせるようになった。

アルバイトをすべきかと迷った際も考えた。それによってなにを得て、なにを失うのか。

ここで暮らすようになり、外食はまったくしなくなった。そんな文哉とは対照的に、宏美は街で働き、ひとりで外食にもよく出かけていたようだ。要するに、宏美は食うためにお金を稼いでいた。もちろんそれがわるいなどと責めるつもりはない。

――働かざる者食うべからず。

美晴がよこしたメールのこの言葉には、おそらく文哉に対する侮辱や挑発がこめられている。働かないなら、食べる権利などないのだと。彼女にとって働くとは、就職することを意味しているように思えてならない。要するに文哉の生き方はまともではない、と言いたいのだろう。

今の文哉にとって働くとは、組織に所属して働くことや、だれかに雇われて、とは限らなくなった。自ら汗を流し、自分で工夫し、食料を得ることだって、食べるに値する。いや、直接食料を得る、立派な労働であると思えてきた。

しかし現実には、この田舎でも当然ながら金は必要になる。金を稼いでいた宏美が家を出たことは、同時に頼れる者を失ったことを意味していた。

そして、この地で迎えたはじめての冬。

クリスマスから正月にかけては、都会ならきらびやかで幸せな特別な期間かもしれない。

しかし文哉にとっては、もっとも辛い日々となってしまった。さすがにこの時期は、文哉の家を訪れる人も少なくなる。正月の準備でどの家も忙しい。こちらからの連絡も憚られる。食べていくことが、いかにむずかしいことか思い知った。

日中の比較的暖かいうちに別荘の見回りをすませ、その日の食料を確保しようとするが、なかなかうまくいかない。海で採取した貝を連日食べ、腹をひどくこわした。おそらく同じ種類の貝ばかり食べ過ぎたのだ。激しい嘔吐と下痢に見舞われ、三日間寝こみ、紅白歌合戦も見ずに年を越し、正月をひとりで過ごした。

寝床のなかで、父の蔵書を片っ端から読んだ。そのなかには、ヘンリー・D・ソローの「森の生活」や、アン・モロウ・リンドバーグの「海からの贈物」、ジェリー・ロペスの「SURF IS WHERE YOU FIND IT」などがあった。それらの本を読み耽り、父がここでどんな生活をしようと考えていたのかが、うっすらとわかってきた。

自分自身についても見つめ直した。自分は、我慢が足りず、人付き合いがうまくない。友だちはほとんどいない。いても付き合いは希薄。無理をしているところも多々ある。だから絶対に営業には向かない。そう思っていた。

——でも……。

その間、和海から電話をもらったが、出る気になれなかった。また、他人の世話になるのかと思うと、自立できていない自分に嫌気が差した。ほかの家族にまで迷惑をかけたくない。甘えることはしたくない。なるべく人に頼らず生きていこうと思っていたこともある。外へ出ることができず、空腹に耐えながら回復を待った。

一度だけ、宏美の携帯電話を鳴らしたが、通じなかった。

——帰りたかった。

でも、もはや自分には帰る場所などどこにもない。

文哉は人生で初めて心の底から凍え、飢え、というものを体験した。

自分が冬への備えをなにもしてこなかったことを強く悔やんだ。

冬は、思いのほか長かった。

4

もの思いから覚め、ゆっくり立ち上がった文哉は、腰かけていた流木にロープをかけ、砂浜を引きずって車へ向かった。凪子の家に届けるためだ。

母の夕子が海で亡くなってから心を閉ざすようになった瓜子は、流木を丹念に洗い、時間をかけて見事なまでに磨き上げる。そのためか、瓜子の手がける流木のオブジェは、今では品薄になるくらいに評判がいい。

そもそも瓜子がつくった流木のオブジェや貝細工を、彼女が生計を立てるための術にするべく初めに売ったのが、芳雄だった。ロープを肩に食いこませ文哉が浜で見つけた流木を運ぶのも、いわば父の遺志を継ぐ行為にもなる。そのせいか瓜子は、最近、文哉と言葉を交わすようになった。

Tシャツと短パンに着替え、海岸沿いにある、海風から家を守るカイヅカイブキの生け垣に囲まれた瓜子の家に車で寄る。祖母と二人暮らしの瓜子は、あいにく留守だった。

しかたなく挨拶だけすませ、流木を車から降ろし、庭にある雨ざらしの浴槽の近くに置いた。浴槽のなかには、以前文哉や和海が拾ってきた流木が、真水に静かに沈んでいる。詳しくは知らないが、あく抜きをするためらしい。そのまわりを瓜子が飼っているメダカが泳いでいる。

再び車のハンドルを握った文哉は、家に向かう坂道をゆっくり上りながら、道路の両脇に建つ個性的な建物を注視していく。この丘に建つ家々は、ほとんどが別荘として使われていて、定住者はごくわずかしかいない。そのため不審者がいないか見回りをするのも、文哉の仕事のひとつだ。契約している別荘は、今は十軒だが、文哉はそのほかの家にも注意を払うことにしている。

　だが、見かけたのは、白い野良猫一匹だった。

「やあ、文哉君、グッドモーニン」

　ゴールデンウイーク後もひとり残っているテラさんこと、寺島（てらしま）が芝生の庭から声をかけてきた。いつものように派手なアロハシャツを着ている。文哉が管理を任されている別荘の持ち主のひとりだ。

「おはようございます」

　車の窓から大きな声を返した。

「朝食、もう食べた？」

　かるくとっていたが、「いえ、これからです」とあえて答えた。

「もらい物がいろいろとあるから、一緒にどう？」

「ありがたいです。じゃあ、お言葉に甘えて」

　文哉はひとまず家に帰った。

「ただいまあー」

　鍵を掛けていない引き戸を横に滑らせ、声をかける。もちろん、声は返ってこない。

水槽の青いメダカに餌をやる。

使ったウエットスーツを風呂場に運び、〝潮抜き〟をするため、昨日の残り湯に浸け、寺島の家へ向かった。歩いても一分とかからない。

「さあ、どうぞ」

手招きされた芝生の庭のテーブルには、朝食とは思えない数の料理の皿が並んでいた。

足もとに広がる青々とした芝生は、つい先日、文哉が刈込鋏で整えたばかりで、テラスの際までちょうどいい長さに揃っている。

七十歳には見えない寺島は、経営していた会社を息子に任せ、今は悠々自適な生活を送っている。詳しくは聞いていないが、別荘はここ南房総のほかにも所有しているらしい。社交的な性格でありながら紳士的な寺島は、この別荘地で一目置かれる存在であり、地元の人間とも上手くやっている数少ないひとりだ。

芳雄に別荘の管理人をやるよう勧めたのは、寺島だったと以前本人から聞いた。それもあってか、父の仕事を受け継いだ文哉をなにかと気にかけてくれる。

「――いただきます」

文哉はさっそくテーブルの皿に手をのばした。

寺島たち別荘を所有する、いわゆる裕福な人たちとの付き合いのなかで学んだのは、相手の厚意を無にしないことだ。せっかく勧めてくれるものは、遠慮せず頂けばいい。与えることができる者は、与えることに喜びやプライドを持っている。相手だけでなく、自分を満たす手段でもあるようだ。

遠慮して断れば、かえって相手を傷つけることになる。次は勧めにくくもなる。食べ物の場合、文哉は極力好き嫌いを見せず、なるべく残さず、残れば自ら持ち帰り、感謝を口にすることを心がけるようになった。

文哉のテーブルの席からは、正面に海が見えた。

視線に気づいた寺島が、「文哉君の家からも見えるだろ、海」と言った。

「そうですね」

「お宅のほうが上にあるから、もっとよく見えるよな」

「ええ、まあ」

文哉は言葉を濁した。たしかにそのとおりだ。眺望を遮っていた木々の梢(こずえ)を剪定(せんてい)したら、見ちがえるほど海が見えるようになった。家自体は、まわりの別荘と比べればみすぼらしいが、眺めだけはけっして負けていない。今では庭のその場所に置いたテーブルで、毎朝朝食をとるのが日課だ。

「うまいですねー、このハム」

文哉は笑みを浮かべる。「それにこっちのサラミの味もいい」

「だろ。館山にある人気店の自家製ハムだからな。といっても、もらいものなんだけど」

寺島は、文哉が食べるのをうれしそうに眺めている。

「最近、釣りのほうはどうですか？」

文哉はカットされたバゲットに生ハムとチーズ、さらにザワークラウトを挟んでサンドイッチにしてほおばった。

「今年は風が強い日が多くて、あまりよくないね」

寺島がまぶしそうな顔をする。

「釣りの場合、波は高くないほうがいいんですもんね」

「そりゃそうさ、サーフィンとはわけがちがう」

「で、今はなにを狙ってるんですか？」

文哉は、話題を寺島の趣味にもっていく。

「まずは、ブリだよ」

「ブリって、たしか出世魚でしたよね」

「関東では、ワカシ、イナダ、ワラサ、ブリと呼ばれるね」

「つまり、ブリは一番デカイやつですよね」

「ああ、デカイのは一メートルを超える高級魚だからね」

「そんなのが東京湾で釣れるんですか？」

「私の場合、ボート釣りだから、大物を狙わなくちゃ」

「そっか、僕の大物は、キスの二十五センチだから、スケールがちがいますね」

わざと持ち上げてみせる。

「いやいや、キスでそのサイズなら立派なもんさ」

寺島は気分よさそうに目元にしわを寄せる。「ところで、その後どうだね？　別荘管理のほうは？」

文哉は自分でグラスに注いだ牛乳を飲み干してから答えた。「管理自体については、今のところ苦情もありませんし、自分なりにがんばってるつもりです。契約戸数は十軒のままですけど」

「十軒か、それだけじゃあ食っていけないだろ」

寺島はせつなそうに目を細めた。

なんとか乗り越えた冬のことは口にしたくなかった。別荘に人が来なくなると、スポットの仕事が見こめなくなり、駄賃が稼げず、収入は途絶えた。そんな矢先に宏美が家を出ていってしまった。

「そのほかの収入はどんな感じなんだい？　アルバイトとかは？」

「カズさんの手伝いくらいですかね」

文哉は正直に打ち明けた。

去年会社を辞めてからのここでの収入は、ざっと百万円。内訳は、別荘管理費の六十万円、管理の基本業務以外の売上げが約十五万円、和海の便利屋を手伝うことによって約十万円、残りは、家事を文哉に任せきりの宏美から食費こみでもらっていた月二万円。

宏美のようにパートにしろ、外に働きに行けば、収入は増やせるはずだ。でもそれによって、多くの時間を失えば、なんのためにここで暮らしはじめたのかわからなくなる。

「それでよくやってるね」

「幸い家がありますからね」

文哉が定職に就かずに暮らしているのは、「衣食住」、つまり着る服、食べるもの、住む家だけはなんとかなっているからだ。住む家は父が遺してくれた。着る服は、これまでのものを大事に使っている。食べるものこそが、いちばんの問題だった。

「情けない話ですけど、いろんな人に助けてもらっています。寺島さんはもちろんですが、別荘の契約者の人たちが、余った食材なんかをくれるんです。地元の人からも、なにかとおすそ分けをいただいています。だから現金収入は少ないですけど、ありがたいことに、現物収入はかなりあります。でも、もらってばかりじゃ、心苦しくて……」

それは本心だった。

別荘を離れる際、多くの人が管理人の家へ立ち寄ってくれる。芳雄が考え出した、ゴミの預かりサービスのおかげだ。契約者が市指定のゴミ袋にあらかじめ詰め、預かったゴミは、文哉が次のゴミの回収日まで保管し、坂の下のゴミ集積場に持っていく仕組みだ。

契約者がゴミを預けに来る際、文哉の苦しい家計を知ってか、余った食品や食材を捨てずに、もしよければと持参してくれるのだ。文哉はいつも喜んですべて頂戴することにしている。

「文哉君の別荘管理の仕事は、みんな評価してると思うよ。先日帰った東さんも言ってた。テラスのペンキ塗りは、丁寧な仕事だったって。永井さんも、庭の手入れなら芳雄さんより上手いってね。でもいかんせん、契約戸数をもっと増やさなきゃな。あるいは別なサービスで収入を増やすことだ。ビジネスにはアイデアが必要になる。いくら喜ばれても、それに見合った収入を得て、継続できないとね」

「そうですね。継続は大事ですよね」

「文哉君にやめられたら、こっちも困るわけだし」

「いやいや、がんばりますよ」

「いいかい、金はあるところからしかとれない。気持ちよくとってやる、これが賢い商売の妙ってもんさ。別荘を持つ富裕層なんかは、安いより、むしろ高いほうが安心する。見栄もあるしな」

「――なるほど」

「現状に甘んじてはいないと思うけど、常に挑戦する姿勢を持って生きたほうがいい。そのほうが人生はおもしろい。アイデアの面では、人がやっていないこと、ビジネスの隙間を狙うことだよ」

「隙間ですか？」

「そう、ニッチビジネスというやつだね。あるいは、別な仕事をうまく掛け合わせる方法もあるんじゃないかな」

「と言いますのは？」

「実際、このあたりで暮らす多くの人は、仕事をいくつか持ってる。漁師も、漁だけで食ってる人間はごくわずかだ。農家だってそう」

「そういうものですか」

「田舎では少なくない」

コーヒーカップを手にした寺島が続けた。「たとえば、海の仕事はどうだい？」

「海は好きです」

「漁師のなり手は、どこも少ない。昔は、漁師になるのは、その家族や近親者って決まってたが、今はそんな時代でもない。このあたりの漁協でも新人漁師を一般から募集してるって話だよ」

「いきなり漁師ですか？」

「いや、季節従業員として働く手もあるだろう。それに海の仕事は、漁師とは限らない。とはいえ、まずは適性を見ないとな」

寺島は口元をゆるめた。「魚釣りは好きなんだろ？」

「ええ、好きですし、食べるための手段でもありますから」

「そいつは賛成だ。私も食べられる魚しか狙わない。それもうまいやつだ。だったら、一度私のボートに乗ってみるかい？」

「いいんですか？」

「ただ、遊びじゃなく、船員、クルーとして乗ってもらおうか。半日で五千円払おう」

「え、手当まで出るんですか」

「ただし、ボートの上では私がキャプテン。指示には従ってもらうよ」

「もちろんです」

「じゃあ、これ。余ったの、よかったら持って帰っていいからね」

「はい、よろこんで」

文哉は笑顔をつくり、畳まれたナプキンを広げた。

5

その日、海に夕陽が沈みかかる頃、和海が凪子と一緒に坂を上ってやって来た。

「これ、もらいもんだけど」

日に焼けた腕が差し出したのは、レジ袋に入った淡いオレンジ色の果実だった。

和海はサーフィンをやるが、いわゆるサーファーの風貌とは異なり、短髪で鬢(びん)のあたりには白髪が目立つ。背が高く、肩幅が広く、ぱっと見では強面(こわもて)にも見えてしまう。

「これって、ビワじゃないですか」

「ああ、ハウスの傷もんだろ。今日、命日だよな。芳雄さん、好きだったから」

和海の心遣いに、文哉の頭が下がった。

房州ビワは、ここ豊浦の初夏の代表的な特産物だ。正規に購入すれば高価な果物でもある。

南房総はいわゆる観光圏とはいえ、西の外れに位置するここ豊浦地区は、農業と漁業の町だといえる。とはいえ、特産物のビワの生産農家も年々減っているし、漁業にしても似たような傾向にある。これは多くの地方市町村が悩む高齢化、過疎化の影響であることはまちがいなさそうだ。

「それからこっちは、凪子がつくった刺身」

刺身は二つの皿にすでに盛られていた。

「アジ、ぴかぴかですね」

「――だろ」

「こっちはなんですか？」

文哉は、ガラスの器に入った、なにか水気の多そうな刺身を指さした。部位が異なるのか、切り身の色が微妙にちがう。白く半透明な身は、イカのようでもあるし、少し黄みがかっているのは、肝だろうか。それにしては大きな気もする。

「まあ食ってみろって」

和海は卓袱台（ちゃぶだい）の前であぐらをかき、持参した缶ビールを開けた。

あいかわらず自分で髪を切っているのか、傾斜のおかっぱ頭の凪子は黙っている。その口元が薄くゆるんでいる。

二人は家で夕飯をすませてきたようだ。そのあとで、凪子を連れて来たのだろう。

「いただきまーす」

文哉は手を合わせ、まず厚切りのキラキラ光るアジをぱくりといった。歯ごたえがある。

「あー、うまいわ」

「ほれ」

和海が缶ビールを差し出した。

「最高だなあ」

受け取った缶ビールを開け、文哉は破顔する。

凪子がきょろきょろと家のなかを見まわしている。

それに気づいた和海が、「宏美ちゃんは?」と口にした。

「まだ、帰ってきません」

文哉の喉がビールでゴクリと鳴った。

「連絡は?」

不安そうに凪子が問う。

「それがまったくないんだよねー」

文哉はわざと明るく答えた。

「芳雄さんの命日だっていうのにな」

「おれにもよくわからないんです」と言葉を濁した。

「まあ、彼女のことだから、どこかで元気にやってるだろう」

和海は言うと、気持ちを察したようにその話を納めた。

文哉は続いて水っぽい刺身を箸で摘み、醤油をつけて口に運んだ。つるりとした舌ざわりが魚とは思えない。強いて言えば、イカ、あるいはナタデココのような歯ごたえとでもいおうか。しかも、味がしない。

「なんすか、これ？」

「なんだと思う？」

「んー、まさかクラゲとかじゃないですよね」

「ブッブー」と凪子が小さくはずれの音を出す。

「マンボウだよ」

「えっ、マンボウって、あのどでかいやつですか？」

「そう、地球上で最も大きくなる魚らしいな。体長は、上のヒレから下のヒレまでで、約二メートル半。重さは、ふつうで一トンあるとか」

「もはや魚って感じでもないですよね」

文哉は、愛嬌のあるその顔を頭に浮かべ、思わず喉元をさすった。

「マンボウは、昔は漁師しか食わなかった。それが最近じゃ、館山のスーパーにもふつうに並ぶことがある。東京の居酒屋なんかでも珍味として出すらしい。好き嫌いの分かれる魚だけどな」

「いやー、なんともいえない食感ですね。しかも味が……」

「こっちの黄色いのは、肝。ぎざぎざしてるのは、腸だ」

文哉は肝、そして腸とやらも試してみた。

「ちょっと生臭いかなあ」

「まあ、おれもそんなに好きなわけじゃない。煮付けにしたり、唐揚げにもするらしい。死んだ親父は、好きだったみたいだけどね」

「カズさんのお父さんって、仕事は?」

「漁師だったよ。民宿もやってたけどな」

「だから家も海に近いわけですね」

「まあね。おれは漁師にも、民宿の主(あるじ)にもなる気はなかった」

東京の会社に勤め、Uターンしてきた和海が唇をひん曲げるようにして笑った。

「あ、そうだ、おれ、今度船に乗ります」

「船? なんでまた?」

「テラさんに誘われたんです。海の仕事に興味ないかって。海は好きですって答えたら、一度ボートに乗せてやるって言われて。しかもですよ、クルーとして雇って五千円くれるって話なんで」

「へえー」

「ボートに乗れて、お金もらえるなら、おいしいなと思って」

「まあ、あの人はプロってわけじゃないけど、ここいらの漁師にも一目置かれてるからな。どういうわけか、港にボートの係留が許されてる。いいボート持ってるし、装備も腕もわるくないって聞いたことがある」

「そうなんですか」

「ああ、おれにも何人か漁師の知り合いがいるが、わるく言うやつはいねえ。漁師のほうが、あの人から教わってるっておかしな話も聞いた。七十には見えないくらい、精力的だしな」

　と、そこで、めずらしく凪子が口を挟んできた。「やめたほうがいい」

「ん？」

　和海が姪っ子に顔を向けた。

　小柄で痩せている凪子は、今年の春で十八歳になったが、見た目は中学生のようにも見える。化粧もしていないスッピンだ。

「だいじょうぶ、サーフィンだってやってるし」

　文哉は笑いかけた。

「でもよ、漁師にでもなるつもりか？」

「いいえ、そういうわけでは。自分になにが向いているのか、いろいろ試してみたいと思って。おれ自身、まだ自立したとは言えないですから」

「自立ね……」

和海がふっと力を抜いた。

母を海で亡くしたせいか、凪子は浮かない表情だ。

「まあ、やってみればいいさ。大物を釣ってきてくれ。マンボウじゃないやつな」

和海はそう言って笑ってみせた。

6

姉がここを出て五ヶ月が経とうとしていた。

そういえば宏美が出て行く少し前に、妙な話を口にしていたことを思い出した。芳雄には、女がいたのではないか、というような意味のことだ。なにを根拠にと笑ってしまったが、文哉は詳しい話を聞き出さなかった。

ただ、それが和海の姉、夕子のことじゃないことだけは確かめた。

——ではだれだというのか。

宏美もそれ以上、語ろうとはしなかった。文哉にすれば、芳雄はもう死んでしまったわけで、知ったところで意味はない気がした。

かたちばかりの芳雄の一周忌をすませたが、遺品を含め、なかなか整理は進んでいない。そんなある日、芳雄が使っていたノートパソコンを立ち上げた際、フォルダのなかに見覚えのない画像を見つけた。

ノートパソコンは基本的には文哉が仕事で使っていたが、宏美もいじることはあった。だが、宏美のフォルダはひとつしかなく、それとは別物だ。問題のフォルダはデスクトップになかったため、これまで気づかなかったようだ。

「K」とだけ名前がふられたフォルダをクリックすると、なかには画像データが残されていた。

おそらくケータイで撮影したものだろう。手ぶれなのか、ピントが微妙にずれている。被写体はどれも同一人物で、浴衣姿の見知らぬ若い女性だった。

屈託なく微笑（ほほえ）んでいる。

その顔に見覚えはなかった。

芳雄のパソコンに残された、若い女性の画像を宏美は見たのだろう。それで芳雄には、女がいたのではないか、ととらえた可能性が高い。もしかして自分の母、つまり芳雄の別れた妻かと一瞬思ったが、それはあり得ないはずだ。子供の頃に探したが、母親の写真は一枚も残っていなかった。それに若い女性は、文哉にも宏美にも似ていない。

画像は全部で三枚。被写体はどれも同じ顔の若い女性。年の頃は二十代後半くらいだろうか。だとすれば芳雄とは二十歳ほど離れている。つまりは、娘である宏美に近い歳(とし)ということになる。日に焼けた顔立ちは、はっきりしている。美人かといえば、好みによるだろう。微笑んでいるふっくらとした唇は、陽気な性格のようにも映った。その微笑は親密な者にこそ向けられるべき種類にも見えた。

女性は、紺地のあじさい柄の浴衣に、差し色の山吹色の帯をしめている。画像を見返して気づいたのは、浴衣姿であるのに、どれも屋内で撮影されていること。画像がやや粗く見えるのは、部屋が暗いせいかもしれない。

最後の一枚の画像は、角度を変えて撮影されている。注目したのは、女性の背後に写りこんでいる人物だ。室内なのになぜか野球帽をかぶっている。

「——これって、中瀬(なかせ)さん?」

文哉は思わずつぶやいた。

近所に住む中瀬は、六十を過ぎている。芳雄と親交があり、寺島と同じくなにかと文哉を気にかけてくれる。元町内会長ということもあり、お堅いタイプかと思っていたが、そうでもなさそうだ。養子ではないが、奥さんの実家で同居していることは、最近になって知った。

7

「明日の朝ボートを出すから」

夕方、寺島から連絡をもらった。

天気はよさそうだが、海上は風もあり、五月とはいえまだ寒く、厚着をしてくるようにアドバイスを受けた。軽食や飲み物などは寺島のほうで用意をしてくれる、とのこと。なおかつ手当までもらえるのだから、至れり尽くせりだ。こんなにおいしい仕事はめったにない。

今夜は早く寝るよう寺島に言われたが、文哉はいつもの就寝時間である午後十一時までノートパソコンを開いていた。

翌朝、午前四時起床。生あくびをかみ殺しながら、いつもの下着の上に長袖シャツとロングタイツを重ね着し、食事はとらずに家を出た。

日の出前のため、外はまだ暗い。寺島とは、家から一番近い、地元では〝旧港〟と呼ばれている小さな漁港で待ち合わせをした。

旧港の駐車場には、すでに何台かの車が停(と)まっている。そのなかに寺島がこの地で使うパジェロミニを見つけた。

「グッドモーニン。天気はまずまずだ。さっさと荷物をボートに運ぼう」

いつものアロハシャツではなく、いわば漁師スタイルの寺島は、パジェロミニの後ろの荷台にまわった。

挨拶を返した文哉は、大型のクーラーボックスに続いて、手提げカゴを受け取る。クーラーボックスには氷が入っているのか、かなり重たい。手提げカゴには、仕掛けらしきラインが巻かれたドラムがいくつか見えた。ラインはかなり太く、直径一ミリはありそうだ。どうやら今日の釣りは、文哉がいつもやっている陸釣り（おかづり）とは、ちがうものになりそうだ。

「あそこのボートだから。それを運んだら、もう一度ここへもどってきてくれる」

「わかりました」

文哉は薄暗がりのなか、栈橋に係留してある、船首に「てら丸」と入った白いボートの脇まで荷物を運んだ。これらの準備を寺島ひとりでやるのは、さすがに応えるのだろう。

「でかいボートですね」

文哉は内心ほっとしながら感心してみせた。

これだけ大きければ、海が少々荒れてもそれほど揺れないはずだ。白いフィッシングボートは、いわゆるセンターコンソールの構造で、操舵（そうだ）席が船の中央、屋根の下にある。

「二十九フィート、定員は八人。もう十年乗ってるけど、七十の私がひとりで扱える最大級クラスのボートだと思ってる」

「ボート歴が長いんですね」

「このボートの前に何隻か乗ってるよ。釣りは若い頃からの趣味なんでね」

どうやら和海の話は事実のようだ。

「いつもこの港に置いてあるんですか？」

「いや、使うときだけ、ここに係留させてもらってるんだ。オフシーズンは、館山港のマリーナのほうにね。陸揚げしておくわけだね」

寺島は手荷物を提げて、桟橋からボートに乗りこんだ。身のこなしが軽い。とても七十には見えない。文哉は身を乗り出し、残りの荷物をボートに乗った寺島に手渡していった。

操舵室に寺島が消え、エンジンが掛かった。いよいよ出港だ。

「そっちの舫(もや)いを解いてくれ」

寺島が窓から顔を見せる。

「あ、はい」

文哉は、桟橋から突き出た丸みのある杭(くい)、係船柱(ボラード)に絡められた太いロープをつかんだ。

「あれ？　これは……」

「ぼやぼやするな、急げ！」

寺島の声がとがった。「魚がいなくなっちまうぞ」

文哉は、はっとした。

自分は今日初めてボートに乗る。それでもクルーとして寺島に雇われた身なわけで、これは遊びではない。そこは踏まえて行動すべき立場だ。

すべての舫いを解くと、文哉は桟橋からボートに飛び移った。

「滑るから気をつけてね」

「はい、了解です」

「いいかい、ボートの上では、おれがキャプテン。キャプテンの指示は、絶対だからな」

念を押した寺島が舵を取った。

文哉は指示どおりに救命胴衣を装着し、黒いポールを右手でつかんで操舵室のすぐ外に立った。低いエンジン音が下腹に響く。緊張しながらも、気分は次第に高揚していく。

岸壁から離れ、左旋回して釣り人のいる突堤の先をまわったボートは、船首を上げ、次第にスピードに乗り南に向かった。

振り向くと、低い山の稜線から太陽が顔を出している。突堤の先で竿を出していた釣り人がすでに小さくなっている。潮の香りが一気に強くなった。

見回したボートの内部には、あらゆる道具がそろっている。ロッドホルダーに差しこまれている金色に輝く大型リールの付いた頑丈そうな短い竿。釣り上げた魚をすくい上げるためのランディングネット。先端が鉤状になっている柄の付いた道具。小ぶりのバットのような棒。それにボート本体には、さまざまな艤装が施されている。それらの部品がどんな役に立つのかは、正直よくわからない。

「こういうボート、初めてかい？」

魚群探知機、表層水温計、ＧＰＳなどがフロントガラスの上に並んだ操舵室から声がする。

「そうですね、初めてです。でも、気持ちがいいです」

文哉は不安もあったが、無理に強がってみせた。

「そうだ、その意気だ」

振り向いた寺島が口元をゆるめた。

百七十馬力のディーゼルエンジンが唸りを上げ、海面を泡立たせながら長い航跡を曳いて進んでいく。

東の空を、顔を見せたばかりの朝日がオレンジ色に焼いている。あっという間に空が白んだ。

釣りは、〝朝まずめ〟がよく釣れると言われる。〝朝まずめ〟とは、日の出の前後。つまり釣りとは、時間との戦いでもある。漁港に寺島のボートだけが残されていたことが、それを物語っている。漁港の駐車場に停まっていた軽トラックは、おそらく漁師たちのものだ。彼らはもっと早くに出船したのだろう。

待ち合わせ時間を午前五時としたのは、文哉への配慮だったのかもしれない。

「いいか、沖をよく見て」

キャプテンの指示により、文哉は船首前方に障害物がないかの見張りを言いつけられた。

寺島によれば湾内には、網、浮標(ブイ)、タコの仕掛けを固定するロープなどがいくつも張り巡らされている。ゴミなどの浮遊物も少なくない。それらを誤ってボートのスクリューに絡ませてしまえば、下手をすれば航行不能にすらなるらしい。寺島自身、過去に苦い経験があることをほのめかした。

ボートの舳(へさき)は、南房総国定公園のなかにある、大房岬(たいぶさ)の先へと向かっている。

空が明るくなり、洋上から眺める陸の姿は、ここが日本なのかと見まがうほど緑濃く自然にあふれ、目には美しい。まるで異国の地のようにさえ映る。

あのまま空気のわるい東京で暮らしていたら、こんな景色を日常で眺めることなど、まずまちがいなくなかっただろう。少々荒っぽい潮風を浴びながら、文哉は鼻の奥がツンとした。

いつのまにか寺島はキャップをかぶり、レイバンの濃いサングラスをかけて前方に視線を送っている。その姿をまのあたりにしながら、世の中には寺島のような暮らしをしている者が現実にいることをあらためて認識する。悠々自適とは、まさにこのことだろう。

そんな選ばれし者と同じボートに乗り、同じ景色を眺めている自分の境遇が不思議でもあった。こういう人間と実際に触れ合わなければ、ただ遠くからうらやむか、あるいは別世界のこととして終わってしまう。そういう意味では、父のおかげであり、自分は幸運でもある気がした。

後部デッキでよろけながら、操舵室をのぞきこみ、「狙いは今日もブリですか?」と尋ねた。

「そうね、天気がいいから狙ってみよう。ポイントは洲崎(すのさき)沖だな」

張りのある声が返ってくる。

洲崎といえば大房岬よりさらに南、文哉が暮らす南房総市から館山市沖に入った、房総半島の西の先端。それなりに距離があるはずだ。

「朝飯、食ってきたか?」

「いえ、まだです」

「じゃあ、これ食べて。コンビニで買って来たから。ボートでしっかり飯が食えないやつは、海の上では働けないぞ」

寺島が差し出したのは、おにぎり、そしてなぜか中華丼。文哉は量の多い中華丼を選んだ。試されている気がした。ならばと思い、文哉は量の多い中華丼を選んだ。


操舵席に座った寺島が、早くもおにぎりをほおばる。

文哉は黒いポールに寄りかかるようにして、揺れるボートの上で立ったまま冷めた中華丼を食べはじめるが、正直うまいとは思えなかった。もともと中華丼はあまり好きではない。流しこむようにして腹におさめ、勧められるままに、飲み慣れないブラックコーヒーを受け取った。

いつの間にか、洲崎の白い灯台が左手に見えている。

「海へは、ふだんはひとりで来られるんですか?」

文哉は操舵室の寺島の背中に尋ねた。

「ボートは八人乗り。沖でダイビングを楽しむとか、花火を見物するとかいう場合は、めいっぱい乗せたこともあるけどね。釣りの場合、自分も含め三人までかな。基本的には、信用できる人間しか乗せない。そりゃあそうだよね、なにしろ海の上なわけだから、命が懸かってる。最低でも、自分の身は自分で守ろうとする人間じゃないとな」

　海では陸と別人のような一面を覗(のぞ)かせる寺島が、真面目な顔で答えた。

「さあ、そろそろトリヤマを探そうか」

「トリヤマですか？」

「私の釣りはね、アンカーを打って、ボートを留めてのんびりやる釣りじゃないんだ。曳き釣りといってね、疑似餌をボートからいくつも流し、それを曳きながら魚を誘うやり方。待ちの釣りじゃなく、攻めの釣り。まあ、トローリングの一種といってもいい。だから対象魚は、小魚を食らう大型の魚になる。つまり、小魚の群れのいるところに、狙うべき魚も集まるわけさ。その小魚の位置を教えてくれるのが、鳥の群れ、いわゆるトリヤマになるわけだ」

「――なるほど」

　と答えたものの、文哉はトリヤマなるものを見たことがない。

「トリヤマというのは、鳥が山のようになっていることをいうわけですかね？」

「まあ、そういうこと。といっても、トリヤマにもいろいろあるんだけどね。まずは海鳥が何羽かでも集まっていたら、教えてほしい」

「了解です」

日が高くなり、次第に気温が上がってくる。下着を重ね着してきたせいか、どうにも暑苦しい。かといって上着を脱げば、風が強く、寒いに決まっている。しかたなくそのまま我慢した。

ボートからの眺めがあまりにも素晴らしく、文哉は携帯電話で何枚か写真を撮影した。その画像を東京の出版社で働いている美晴に送信して、うらやましがらせたくなり、メッセージを打ちこもうとするが、うまくいかない。

そのあたりから、波が高くなり、ボートが大きく揺れはじめた。通勤で経験した満員電車とは比べようにならないくらい、揺れは激しい。

操作に手間取ったが、なんとかメールを送った文哉は、沖を見つめ、トリヤマを探そうとした。

だが、見つけることができない。

というよりも、気分がわるくなり、それこそ立っているのさえむずかしくなった。無理に腹にかきこんだ中華丼のせいだ。慣れないブラックコーヒーは飲むべきではなかった。携帯電話をいじったこともまちがっていた。それに暑苦しい。

文哉は顔をしかめ、上着のジッパーを下ろし、冷や汗を拭った。

その様子に気づいたのか、「ファイティングチェアーに座ってなさい」と寺島が抑揚のない声をかけてきた。

ファイティングチェアーとは、文字どおり大物の魚がかかった際に、その魚と格闘するための特等席だ。しかし文哉は、本来の使い道ではなく、うなだれたまま、その肘掛け付きの豪華な椅子に座りこんだ。

どうにもからだに力が入らない。完全な船酔いの症状に陥ってしまった。

操舵室を出た寺島は、さっきまで文哉がつかんでいた黒いポールの金具を外した。それはアウトリガーと呼ばれる曳き釣り用の長い竿で、ボートの左右の舷（げん）から海上へ張り出して使うものらしい。寺島は仕掛けに疑似餌を取り付け、ひょいと海原に投じて流した。

本来、それら船上での作業は、文哉が手伝う立場であるが、最早（もはや）なにもできる気がしない。初めての船酔い。揺れる船上で、七十を過ぎた寺島が軽快に動き回る姿を、ただうつろな横目で見ているしかなかった。

そして遂（つい）に吐き気に耐えられなくなった文哉は、チェアーから腰を浮かせた。ふらふらと甲板（デッキ）を進み、船べりから身を乗り出して、青い海に向かって吐こうとした。ボートが揺れ、前のめりになり、あわや海に落ちそうになる。

と、そのとき、ジーンズのベルトを後ろから強く引っ張られた。

「落水だけはかんべんな」

寺島の低い声だ。

自分よりも小柄な寺島のどこにそんな力があるのかと思うほど、強い力だった。

その拍子に、文哉は海に向かって胃のなかのものをぶちまけた。

美しい青い海が濁る。

しかめた顔の鼻先から光るものが糸を引き垂れた。

「文哉君、だから言ったじゃないか」

寺島の声が聞こえた。「私の釣りはね、疑似餌を使うんだよ」

「あ、はい」

文哉は両手でしっかり船べりをつかんだ。

「・・・コマセを海に撒く必要はないんだけどなあ」

コマセとは、魚を集めるために釣り場に撒くミンチ状の餌のことだ。嘔吐した文哉をからかうジョークとわかったが、とても笑える心境ではない。

苦しさと、情けなさで、目に涙が浮かんだ。

「ボートでの落水事故の事例で多いのは、ボートに慣れていない乗船者が船酔いした際に起きるんだ。気をつけろ」

「わかりました」

そう答えるのが精いっぱいだ。

文哉はにおいのキツい唾を吐き、右手で口元をぬぐった。

ただ、胃の中のものを出したせいか、少し楽になった。再びファイティングチェアーのお世話になる。

自動操舵に切り替えたボートは、一定の速度を保って、回転弓角と呼ばれるキラキラ光る疑似餌を曳きながら、海の上を進んでいく。いつの間にか二羽のカモメが、ボートから流した仕掛けの近くを上下しながら飛んでいる。その数が二羽から三羽、さらに増えた。

チェアーにもたれ、文哉はぼんやり眺めていた。どうにもからだに力が入らない。

「──来るぞ」

寺島がつぶやいたその直後、左舷でなにかが弾（はじ）ける音がした。

仕掛けを留めていたピンが外れたのだ。リールから引き出されたラインがガイドに擦（こす）れ、ヒュルヒュルと音を立て、左側に張り出したアウトリガーがしなっている。

「フィッシュ！」

寺島が叫んだ。

文哉は「えっ」と声を漏らした。

寺島が腰を沈め、手にしたラインを両手でたぐり寄せはじめる。

「来ましたか？」

「ああ、来たね」

寺島が悔しそうに首を横に振る。「でも、本命じゃなさそうだな」

とはいえ、引きはかなり強く、獲物は大きそうだ。

と、そのとき、ボートの後方、約二十メートル先でなにかがジャンプした。

それは金色に輝いて見えた。

「ちきしょう、〝マンビキ〟のやつか」

寺島の声に、文哉は腰を浮かせた。

「ギャフ、取れるか?」

「ええと、これですか?」

文哉はへっぴり腰でデッキを進み、先端が鉤状になっている柄の付いた道具を手にした。

「そうだ、そいつだ」

寺島が手を出す。

あわてた文哉が鉤状になっている先端のほうを向けて差し出すと、「バカやろう、どっち向けて渡してんだ」と怒鳴られた。

「あ、すいません」

急いで持ち替えて渡す。

寺島は「そらっ」と声をかけ、ボートの下まで引き寄せた魚の顔に向かって、そのギャフを打ちこんだ。

　文哉は思わず顔をそらした。

　魚がからだをよじらせ、尾びれで激しく水面を叩く。

　両頬をふくらませた寺島が、両手でつかんだギャフを渾身の力で引き上げにかかる。

やけに額のでかい魚体は、大げさではなく金色に輝いている。

「なんですか、これは？」

　文哉は見るからに不気味な魚に腰を引いた。

　寺島は甲板で暴れるその魚の頭部に、手にした小ぶりのバットのような棍棒を躊躇なく振り下ろす。何度も。

　そいつは短く痙攣し、動かなくなった。気絶したのだろう。

「ふーっ」とひと息ついた寺島が言った。「こいつはシイラさ。今日は水温が高くなったせいかな。別名〝マンビキ〟。昔は万匹も釣れるんで、漁師から嫌われ、そう呼ばれるようになったそうだ。今も港に水揚げしても、十円の値しかつかないって聞いたことがある」

「でも一メートル近くありますよね」

「ああ、こう見えても食えばうまいんだ。ハワイでは〝マヒマヒ〟と呼ばれてる。言ってみれば向こうでは高級魚さ。日本人もマヒマヒのハワイアンソテーをありがたがって高い金払って食べてるよ」

然もありなん、と文哉には聞こえた。

「なんなら、食ってみるかね？」

文哉は口のなかに酸っぱいものがこみ上げかけたが、「はい、よろこんで」といつものように答えた。

その後、少し体調が持ち直した文哉だったが、多くの時間をファイティングチェアーの世話になって過ごした。曳き釣りのほうは、その後大きなあたりはなく、エソと呼ばれる、口が大きく細かな鋭い歯を持った、親近感のわかない円筒形の魚が二匹釣れた。小骨が多く、かまぼこの材料となる魚で、やはり価値が低いらしい。

「んー、今日はだめだな。終わろう」

午前十一時過ぎに、寺島が宣言し、さっさと仕掛けを巻き上げはじめた。

8

「なにも役に立てなくて、すいませんでした」

港へ帰る途中、文哉は舵を取る寺島に向かって頭を下げた。正直な気持ちだった。

「なあに、こんな日もあるさ」

寺島は笑顔を見せた。

そして、文哉の目を見てこう言ったのだ。

「今日は、私のボートに乗ってくれてありがとう」

予想しなかった言葉に、文哉は虚を衝かれた。

からかわれ、あるいは叱られるほうが、よほど冷静に受け止めることができただろう。感謝されることなど、なにもしていない。自分自身がいちばんよくわかっていた。

自分には、もったいなさ過ぎる言葉だ。

寺島は前を向き、黙って舵を取っている。

文哉は唇を強く結び、気づかれぬようにして泣いた。

海の上では、あまりにも無力だった。

自分の愚かさを知り、これまでにない敗北感を味わった。

港にボートを係留してから、せめてと思い、船内の掃除は一生懸命にやった。潮をかぶった窓や船体をバケツに汲んだ真水で洗い、乾いたタオルで拭いてまわった。積みこんだ荷物はすべてひとりで車まで運んだ。

「お疲れさん」

ボートから降り、知り合いらしき漁師と話しこんでいた寺島が声をかけてきた。シイラとエソ二匹を氷と一緒に詰めた大きな保冷バッグを文哉に手渡してくれた。

「それからこれ、少ないけど」

寺島はポケットから封筒を取り出した。

それは今日の手当の五千円にちがいなかった。宏美が家を出てしまった今、喉から手が出るほど欲しい現金だ。

しかし文哉は手を後ろに回した。

「どうした？」

「いえ、それは受け取れません」

「どうして？」

寺島の問いかけに、文哉は唇を一文字に結んだ。

「初めてボートに乗ったんだ。船酔いくらいするさ」

寺島は濃いサングラスを外し、文哉をまぶしそうに見る。「これまでこのボートに乗ったなかにも、何人もいた。酔った人間というのは、みんな早く陸に帰りたがる。たとえ口に出さなくても、帰りたいそぶりを見せる。苦しいからなあ、船酔いは。でも、文哉君は酔っていることを必死に隠そうとしていた。最後まで帰りたいそぶりを見せなかった」

「それは――」

文哉は唇を噛んだ。「今日は仕事としてボートに乗ったわけですから、当然です」

「そうか、そうだよな」

寺島はいつもの表情にもどって口元をゆるめた。「でもね、そのプライドっていうか、意地っていうのか、そういうものを示せる人間は、年齢に関係なく最近少なくなった。大事にしたほうがいい。また機会があったら、私のボートに乗ってくれ」

寺島は封筒を引っこめ、文哉の肩をぽんと叩くと車に乗りこんだ。

「ありがとうございました」

文哉はこらえきれなくなり、洟（はな）をすすった。両目から涙があふれた。でもそれを隠そうとはしなかった。

なぜなら文哉はうれしかったのだ。

こんな経験はしたくても、これまでできなかった。

けれど、強く思った。

――このままじゃだめだ。

旧港から家に帰ったのは、正午過ぎ。車からよろよろと玄関まで歩き、引き戸を滑らせて上がり框（がまち）に座りこむなり、大の字になる。疲れがどっと出た。

なんとか立ち上がり、着替えをして布団にもぐるが、まだ揺れている気がした。湿った髪から潮の香りがした。海の上で半日過ごすだけで、かなりの体力を消耗する。

初めて父のサーフボードで海に出て、危うく遭難しかけたときのことをぼんやり思い出した。あのときの感じによく似ていた。

寺島は帰ったら少し仮眠をとると言っていた。午後からは東京から来る客人と会うらしい。見かけ以上にタフな人だ。

人生を楽しむには、お金だけでは足りない。望む楽しみにもよるだろうが、健康や体力、経験も必要になる。使いものにならなかったクルーに対して腹も立っただろうに、寛大だった寺島という人物に、文哉はあらためて尊敬の念さえ抱いた。気取らず、いつもアロハシャツを着てにこにこしているが、その豊かな経験には学ぶべきものがたくさんある。

それから文哉が海の底にどっぷり沈んだような深い眠りから目覚めたのは、午後二時過ぎ。

携帯電話には、船上から写メを送った美晴からの返信があった。

〝はあ？　漁師にでもなるつもり？〟

それだけ。

――たぶん、自分は漁師にはなれない。

シャワーを浴びると、ずいぶんからだが楽になり、和海にＬＩＮＥでメッセージを送った。

〝今朝、テラさんと海に出ました。シイラとエソを二匹もらいました。よろしければ、帰りに寄ってください〟

9

「――そうかい、船酔いしちまったか」

和海はうれしそうな顔をした。

卓袱台には、凪子がおろしてくれたシイラの刺身がある。おばあちゃん子である凪子の包丁の腕はたしかだ。そんな姪っ子による刺身をつまんだ和海の口元はゆるんでいる。いつものように持参した缶ビールを飲みながら。

シイラの刺身には、釣れたときの印象から、文哉はおっかなびっくり箸をのばした。が、思いがけず〝怪物〟の刺身はうまかった。マンボウと比べたら、よほどクセがなく、もっちりしていて、いわばふつうの刺身として味わえる。

「凪子ちゃんも食べなよ、おいしいよ」

文哉が台所に声をかけた。

すると和海が、なぜか首を横に振り、「ほっとけ」という仕草をみせた。

「シイラってのはさ、ここいらでは、いやな呼び方があるのよ」

「そういえばテラさんが〝マンビキ〟って呼んでましたね」

「いや、ほかにもある」

和海は声を低くした。「〝シビトクライ〟」

「え?」

文哉はその別名を、頭のなかで「死人喰らい」に変換した。

「この魚の習性なんだろうな。海に浮かんでるブイや、漂流物のまわりによく潜んでやがる。そのせいか、海で溺れ死んだ者にも集まるって言われてる。人が海で死ねば、雑食性の魚につつかれるなんてことは当たり前の話だが、シイラだけにそんな名前がつけられたわけだ」

「それで、〝シビトクライ〟ですか……」

思わず顔をしかめた。

「まあ、おれが思うに、シイラの顔が、どうも人間くさいせいもあるんじゃないかな」

和海はそう言いながらも、平気な顔で刺身に箸をのばす。「そんな話をどこかで聞いたせいか、凪子はシイラを口にしない」

「そうでしたか……」

そんな事情は、まったく知らなかった。

「まあ、気にするな」

和海は缶ビールを傾ける。「さあ、食えよ」

「――ええ」

文哉は小さくうなずいた。

海で亡くなった凪子の母、夕子の若かりし頃の姿は見たことがある。芳雄の車のグローブボックスからでてきた黄ばんだ写真に写っていたのだ。まんなかに芳雄が立ち、その右側に長い髪をかき上げながら、水着姿ではにかむように微笑んでいるのが夕子で、左側にいる青年が自分だと、教えてくれたのは和海だ。

詳しいことは知らないが、離婚してここにもどってきた夕子は、ある日、凪子を連れてボートで沖へ出た。そのボートから夕子は落水したと見られている。港に帰る漁師がぐらぜん凪子だけが乗っているボートを見つけ、連れ帰った。

残念ながら夕子の遺体は揚がらなかった。もしかしたら夕子は、心中するつもりだったのではないか、などと噂(うわさ)が立った。元町内会長の中瀬から聞いた話だ。

それ以来、凪子は自分の殻に閉じこもるようになり、学校に行かず、家の前の砂浜で流木や貝を拾い、持ち帰ってくるようになったそうだ。凪子にとってそれは、母の骨を拾うような思いだったのかもしれない。

そんな経緯があるため、凪子がシイラを食べないとしても、それはそれでわかる気がした。

「そりゃあ、海の上はやっぱりきつい仕事だろうよ」

和海が話題を変えた。「だからこそ、漁師のなり手がいなくて、どこの漁協も高齢化が進んでる。まあ、漁師と言ったって、ここいらじゃ専業はほとんどいない。なにかしら別に仕事を持ってんだけどな」

「その話は、テラさんからも聞きました。そういうやり方が、いわばこっちじゃスタンダードなんですね」

「そういうやり方って？」

「ひとつの職業じゃなく、なにかと兼業するみたいな」

「そうだな。ここいらは、どうしても農業や漁業といった第一次産業に就いてる人間が今も多い。けど、漁業だけ、あるいは農業だけで食えてる家庭は少ないだろう。ほとんどが、兼業漁師、兼業農家だ。おれの知り合いには、漁業と農業の兼業もいれば、役所勤めの農家なんてのもいる。うちの親なんかは、漁業と民宿のかけもちだったわけだ」

「それはわりと昔からなんですね」

「自然とそうなったんだろうな。地方で暮らす知恵みたいなもんさ」

「そういえば、国も今じゃ、副業や兼業の解禁を奨励していますよね」

「働き方改革とかいうやつの流れか」

和海はふんと鼻を鳴らした。「おそらく都会で働く者が兼業して得られるものなんて、同じじゃないのか」

「というのは？」

「要は、金さ。その分、自分の時間を失うだけだ。田舎の場合、第一次産業の兼業が多いから、得られるのは金とは限らない。農産物だったり、それこそ、魚介類だったりするわけだ」

「つまりは、食料？」

「そういうことだな」

ここで暮らし続けるためには、そこはとても大切なところだと文哉は気づいた。なにも自分の労働をいったん金にしてから、スーパーでパックされた魚や野菜をその金で買う必要はないわけだ。だから、田舎では低収入でもやっていける一面があるのではないだろうか。

以前ネットで見かけた都道府県別の平均年収では、東京都がダントツの一位。六百万円を超えていた。この町で調べてみたところ、平均年収は約二百五十万円、つまり半分以下しかない。

「でも、そうですよね。金だけのために働かなくてもいいわけですよね」

文哉はうなずいた。

「昔、同窓会に行くとよ、年収を自慢するやつがいるわけよ。それでいて自分の忙しさを嘆いてる。おれに言わせりゃ、アホだな」

Uターンして、便利屋として暮らす和海らしい言葉だ。金では買えないものを知っている、という口ぶりだ。

台所から聞こえていた、包丁でまな板を叩くかろやかな音がやんで、凪子が次の料理の皿を運んできた。それは寺島がいつもは捨てると言っていた、釣りでは外道とされるエソの料理だ。小骨の多いエソを味噌(みそ)やネギと一緒に包丁で丁寧に叩いて、〝タタキ〟にしたものを焼いた〝さんが〟だ。本来はアワビの貝殻に塗りつけて焼くらしいが、フライパンで焼いてある。

「へえー、こっちもいけますね」

文哉は目尻を下げた。

シイラの刺身のあとに食べる、白身のエソの味もまた格別だ。なんとも素朴な味わいがある。

「日本酒がほしくなるなあ」

和海がひとりごちた。

凪子は正座したまま、静かに味見している。

「つまりよ、金があっても、エゾのサンガ焼きなんて、まず食えねえわけさ。というか、一生この味を知りもしないだろうよ」

そう言って和海は、無精髭を生やした顎を右手でしごいた。

「でもおれ、このままじゃだめだと思うんですよね」

文哉はボートの上で味わった、苦い記憶を思い出した。「今日、海の上では、なにもできませんでしたから。手当をもらえると聞いて、喜び勇んで乗りこんだっていうのに」

「まあ、それはな……」

うなずく和海の隣で、凪子が心配そうな表情を見せる。

「まったく情けない話ですよ」

文哉は小さくため息をついた。

「でもよ」

と和海がつぶやいた。「文哉がここへ来て、もう一年になるよな？」

「ええ、そうなりますね」

「おまえ、会社辞めても生きてるもんな？」

「え？」

「いや、東京からこっちに来て、まだ生きてる。それって、なんとか食えてるからだろ。それは、おまえにとってどうなの？」

日に焼けた和海の顔の目は、磯の潮だまりのように穏やかに澄んでいる。

あらためてそう言われると、すごく不思議な感じがした。東京で働いているときは、それこそ酸素不足で口をパクパクやっている瀕死(ひんし)の魚のような状態だった。朝、会社に行くのがいやで、帰って来ると、もうなにもしたくなかった。こっちへ来て、もちろん、生活は一変した。

でも――。

「一度くらいのワイプアウトがなんだっていうんだ」

和海が言葉に力をこめる。「くよくよすんな」

「――そうですよね。おれ、今のほうがずっと生きてる感じがします」

文哉はエソの味を舌に覚えさせるように味わった。

「まあ、それはひとつにはこの家があるおかげだろうな」

「もちろんです。それと、別荘管理の仕事ですよね」

「無理をしてもうまくいくとは限らねえ。兼業で別の仕事というやり方もあるけど、そこはよく考えないとな。まあ、海がだめなら、陸の上で働くまでよ」

その言葉に、文哉は二度うなずいた。

和海の言うとおりだ。

おれはここで生きているんだ。

生き残っているんだ。

それだけでもありがたいことじゃないか。会社という組織で働かなくとも、自分なりに働き、食ってきたのだ。

――働かざる者、食うべからず。

おれはおれなりに働いている。

だからこそ、こんなにうまいものが食べられるのだ。

「海はやめときなよ」

唐突に発した凪子の小さな声に、文哉は和海と顔を見合わせ、笑ってうなずいてみせた。

10

五月も終わりに近づいたその日、文哉は館山バイパス沿いにある、農産物直売所に自転車で出かけた。

いわゆるママチャリで、別荘管理の契約を結んでいる顧客から、この春、廃棄を頼まれた。見たところまだ使えそうだったので、廃棄処分の料金は請求せず、文哉がもらい受けることにした。

サドルの一部に切れ目が入り、チェーンは錆びついていたが、ガムテープで補修し、整備をしてオイルを差したら問題なく乗ることができた。その後、一度パンクした際は、修理キットを購入し、自分でチューブにパッチを貼って直した。それなりに時間はかかったものの、とても安くすんだ。

「文哉は、器用とまでは言わないけど、工夫する発想と行動力がある。それは田舎で暮らす上で大切なことかもしれんな」

和海に言われた。「いいか、簡単にものを捨てるな。捨てるのは、金持ちに任せておけばいい。〝賢い修理屋は、部品をみんなとっておく〟。だれが言ったのかは忘れたけど、おれの好きな言葉だ」

なにか問題が起きたら、代わりのものを買えばいい。東京ではそういう暮らしを送ってきた。それは手っ取り早いやり方だが、そもそも自分の選択肢が限られているからではないのか。収入が減ったなら、支出を抑えなければならない。ならば今あるものをなるべく生かすしかない。文哉はそう考えるようになった。いや、そういう考え方をここで身につけたのだ。

ペダルを漕いでわざわざ三十分かけてやって来たのは、新鮮な地元の野菜や特産物が安価で手に入るからだ。店外で販売されている野菜苗を物色する目的もあった。

去年、庭の畑に植えてあった野菜、ミニトマトやシシトウにはかなり助けられた。そのことを思い出したからだ。慎重に野菜苗を選び、新たに食いでがありそうなカボチャの栽培にもチャレンジすることにした。

会計をすませるために入った店内には、房州ビワ、ソラマメ、アスパラといった旬のものから、定番の野菜、果物、コメまで豊富に陳列されている。よく見れば、フキやウド、タケノコなどの山菜も目にした。ここまで来るのに時間はかかるが、その甲斐はある。

ふと、そうか、と文哉は、和海が言っていた「海がだめなら、陸の上で働くまでよ」という言葉を思い出した。食料の調達についても、それはあてはまりそうだ。

買い物の途中、壁の貼り紙に目を止めた。

そこにはこう書かれていた。

「当店では、自分の育てた野菜類を委託販売することができます。詳しくはスタッフにお尋ねください」

この店の商品には、どれも出品者の名前が記入されている。

――なるほど、育てた野菜を売ることもできるのか。

文哉はそのことを頭の片隅にメモして、買い物をすませた。

家に帰ると物置小屋から鍬を持ち出し、庭の雑草だらけの畑を掘り返し、自分の記憶にある畑をイメージしながら、平行に溝を掘り、土を盛り上げた筋をつくっていく。

——こんな感じかな。

なぜ畝を立てるのか、文哉はよくわかっていなかったが、そこに野菜の苗を植え付けた。

11

翌日、文哉は食料の調達へ出かけた。

自転車を漕いで遠征したのは、大房岬より南の磯。夕陽が美しく、遠く富士山が正面に見える観光スポットでもある北条海岸を過ぎ、さらに南へ向かう。いつもより遠出したのは、同じ地元の磯ではなく、新たなポイントでも素潜りを試してみたかったからだ。

午前十時過ぎ、芳雄が使っていた黒のラッシュガードを着用した文哉は、初めて訪れた磯に立った。空は穏やかに晴れ、沖に白波は立っていない。絶好の潜水日和だ。

海開きはすでに過ぎているが、平日のせいか人の姿はない。というよりも、この時期、砂浜の海水浴場ではなく、磯を選んで泳ぐ者は希だろう。

気温は二十℃を上回っているとはいえ、水中メガネとシュノーケルをつけて足からそろりと入った海水は、まだまだ冷たく感じる。ぶるぶる震えながら、「あーっ」と声を上げながら肩まで一気に沈め、その勢いで海に潜る。

波は穏やかで、水は澄んでいる。太陽の光が海中深くまで差しこみ、その光の帯のなかでプランクトンがきらめいている。シュノーケルの吸気口だけ海面から出して、沖へ向かって平泳ぎで進んだ。

カジメと呼ばれる海藻の生えた岩場にある、いくつものゲンコツほどのへこみに、紫色のウニが埋まっている。陸の上でよく釣り上げるアオベラが、海中ではより色鮮やかに見える。その色は青だけでなく、赤や黄色や緑、様々な色を纏っているのがわかる。手をのばすと、滑らかにからだをくねらせ逃げていく。

——なかなかいい感じ、これは期待できそうだ。

思わず海中でひとり微笑んでしまう。

少し離れた場所に岩棚がテーブルのように盛り上がっている場所を見つけた。このあたりは起伏に富んでいて、絶好のポイントと見てまちがいなさそうだ。

周囲の様子を確認してから、一度磯に上がることにした。水が冷たく、長く潜ることは体力の消耗につながる。

一段高くなった岩棚に両手と足をかけ、からだを一気に持ち上げた。水中メガネを外して立ち上がり、はあーと息をつくと、目の前に見知らぬ中年の男が立っていた。

男の立っている位置があまりにも自分に近かったため、文哉はぎょっとした。

角刈りの男は腕を組んだまま黙っている。年の頃、四十過ぎ。灰色の甚兵衛を着て、腕を組みこちらを見ていた。

挨拶をしようか迷ったが、どこか高圧的な男の態度を不快に感じ、文哉は荷物を置いた場所に向かおうとした。

すると男が、「なにやってんだ?」と声をかけてきた。

その声は、たとえば防波堤で釣りをしている者に声をかけるような調子ではなかった。

「いえ、べつに」と文哉は答えた。

「ここでサザエやアワビはとっちゃなんねえぞ」

「ええ、知ってますけど」

タオルを手にした文哉はわざと気のない返事をし、我がもの顔の男から目をそらした。

ここは海なのだ。だれのものでもないはずだ。

ただ、以前和海と海に出たときに、注意を受けていた。漁業権が設定されているものには手を出すなと。

このあたりの浜の入り口には、「遊漁者の皆さんへ」という看板がよく立っている。

そこには、「海は、漁業者の生産の場であり、生活の基盤です。漁業者との相互理解のなかで、次のことを守って遊漁を楽しみましょう」と書かれ、「漁業権が設定されている海では、アワビ・サザエ・イセエビ・ハマグリ・アサリなどを採捕することはできません」とある。

文哉はそれらに手を出したことはない。ただ、「などをとることはできません」というのはとても曖昧な表現な気がする。

もちろん、悪質な密漁は許されない。場所はまったくちがうが、暴力団がらみの組織的な密漁のニュースを以前テレビで見たことがある。漁獲量が減っているのであろう昨今、神経質になるのもわからないではない。

「おまえ、どっから来た？」

男がまた声をかけてきた。が、無視することにした。

「こんな時季にひとりで海水浴か？」

笑いを含ませた声が言った。

「海で泳ぐのは自由でしょ」

文哉は思わず言い返した。

「なにをとってんだって聞いてるだけだろ」

「だから、とってませんよ」

「だったら、なんでそこにスカリがある」

クーラーボックスの横にある、巾着網を男が指さした。

岩の上のフナムシが二人の様子をうかがうようにじっとしていた。

こちらが聞いてもいないのに、男は自分が漁師であることを明かした。金を払って許可を得て漁をしているのだと。たしかに漁師らしき風貌でもある。ただ、その目は、文哉がこの地で何度か経験したことのある、よそ者を見る目つきをしていた。

どうやら、文哉がここで潜ることがおもしろくないらしい。

黙っていると、クーラーボックスのなかを見せてみろ、と言い出した。かなりしつこい男で、「海保に連絡するぞ」とまで言われた。

「なんであんたに持ち物を検査されなくちゃいけないんですか？　なんの権利があるんですか？」

「権利だ？　近頃の若いやつは……」

男は日に焼けた顔でせせら笑う。

漁業権にしたって、それこそ権利じゃないか、と思ったが、「獲っていいものだってあるでしょ？」と少し語調をゆるめて言い返した。

すると男は、「ああ、タコだったら獲ってもいいぞ」と答えた。

「え？」

文哉の記憶では、和海にはタコはやめておけと言われた。

「いいんですか？」

「おれは伊勢エビをやってる。タコは、伊勢エビを食っちまうからな」

法の遵守になど興味はなく、要するに自分の都合でものを言っているだけに思えた。

「じゃあ、ウツボはどうですか？」

海のギャングと呼ばれる、獰猛な大蛇のようなウツボは、タコを食べると聞いたことがあるので言ってみた。

男は「へっ」と笑った。「おまえにとれんのか。とれるもんなら、とってみろ」

男が立ち去らないため、文哉は荷物をまとめて引き揚げることにした。漁師というのは、もっとおおらかなものかと思ったが、この男はそうではない。

二度とこんな磯に来るものか、と思ったが、おそらくこの磯の番人気取りの男の狙いはそれなのだろう。少しでも自分の生活を脅かす可能性がある者を遠ざけたいのだ。こんなことだから、人々は海から遠ざかり、自然に関わろうとする意欲や機会を失うのかもしれない。規制ばかりが増え、できることが限られ、自分で生きる力を失っていく。

そもそも自分は、漁をして金を稼ごうとしているわけじゃない。食うために漁をしているのだ。それが認められないことが腹立たしかった。それでは貧しい者は、なにを食えというのか。選挙の際、「まずは経済」とバカのひとつ覚えのように叫ぶ政治家の顔が浮かんだ。要するに、「まずは金儲け」と言っているようにしか聞こえない。

先日のボートでの失敗もあり、自分のなかで、海への苦手意識が芽生えつつあった。もちろんそれは海のせいじゃない。海が嫌いになったわけではないが——。

サーフィンにもローカル・ルールというものがある。経験が浅く、よそへ遠征しない文哉はうといが、特定のポイントでは、ロングボードを使用してはいけないとか、地域によっていろいろあるらしい。地元のサーファーには常に敬意を払おう、などと書いてあるウエブサイトも目にする。

だが、文哉はさっきの地元の人間らしい男には、敬意など持てなかった。海で生きているなら、海にやって来た者に、もっと別なアプローチのしかたがあるはずだ。

釈然としない気持ちのまま帰途についた。

12

夕方、アロハシャツにサンダル姿の寺島がふらりと庭に現れた。

「畑になにか植えたのかい?」

「ええ、ミニトマトなんかを。去年、けっこう採れたんで」

「へー、そいつはいいや」

寺島は縁側に腰かけた。

「シイラ、うまかったですよ。それに、意外にエソも」

文哉は卓袱台に広げていたノートを閉じた。

「そうか、そいつはよかった。シイラは食べでもあるしな」

「刺身でもソテーでも食べましたけど、残りは冷凍にして大切にいただいてます。その後、ボート釣りのほうはどうですか？」

「あまりよくないね。だから一度ボートを揚げて帰ろうと思ってね」

「そうですか、さびしくなりますね」

文哉の声が沈んだ。

なぜなら寺島は、この別荘地の契約者のなかで一番長く滞在する、いわば常連さんだからだ。春先から、ゴールデンウィーク、夏、秋とちょくちょく顔を見せる。年間にして約四分の一をここで過ごしているようだ。

「なに言ってるの、あんたには、和海さんや凪子ちゃん、中瀬さんだっているじゃない」

「まあ、そうですけど」

文哉は少し迷ってから、今日、南の磯で出会った男のことを話した。

地元の漁師といったって、いろんな人間がいるから、気にしないほうがいい、と寺島は言いつつ、話を続けた。「漁師というのはね、先祖代々続けている者が大半さ。だからこの海は、おれの海だと思ってる者が多い。漁場を荒らされるのを一番嫌う。漁にしても、昔ながらのやり方しかやらない者も多い。それを守ってる。だから私は、彼らに絶対自慢はしない。釣ったものは一切見せないし、市場にも卸さない。近所の人にあげちゃうのさ」

「なるほど……」

文哉も縁側に腰かけ、うなずいた。

「私がここに家を持って、もう三十年近くになる。こんな話をするのは初めてだが、地元の人とうまくやるため、できることは自分なりにいろいろとやってきたつもりだ。釣った魚を分けるだけじゃなく、地域の祭りのときには寄付もするし、恒例行事の海の清掃や草刈りに出られないなら菓子代としてお金を包んだり、漁師の飲み会に参加したり、ホームパーティーを開いたり、なるべく地元にお金を落としたりね。そのせいか、地元の人は今じゃよくしてくれる」

寺島はそこで言葉を切り、文哉を見た。「でもね、未だに私はよそ者なんだよ。それは今後も変わらないだろう」。その目は、さびしそうだった。

「そういうものですか？」

「だろうね。田舎暮らしは、都会の人が憧れるほど、楽しいことばかりじゃない。こっちには、こっちの競争があるのさ。田舎だから、みんないい人なんてありゃしない。あたりまえだけど、それこそ、どこに住もうが人は、人それぞれさ。しかしまあ、よその話を聞くと、ひどいケースもある。このあいだ、私の別荘よりも何倍も金をかけてある田舎に豪邸を建てた男が来て、おまえの別荘とおれの別荘を取り替えてくれと言われたよ。それくらい土地によっては、いろいろとやっかいなことがあるらしい。もちろん、その男にもそういう目に遭う、なにかしらの落ち度があったのかもしれないがね。ただね、漁師を庇うわけじゃないが、彼らの仕事は、板子一枚下は地獄というくことわざがあるとおり、とても危険な商売だ。だから、宵越しの銭は持たない、なんて威勢のいいことを言うのが、今も館山の飲み屋街、渚銀座に顔を出してもいる。私にも経験があるが、どうしても土地のもんの言葉は強く感じてしまう」

文哉は本音であろう寺島の言葉にうなずいた。

「それはそうと、宏美さん、渚銀座で働いてたんだってね」

「ええ、詳しくは知りませんが」

「なんかあったのかな？」

「さあ」

文哉は首をひねった。「ところで、その館山の渚銀座っていうのは、どんなところなんですか?」

「まあ、いわゆる田舎の歓楽街さ。居酒屋やスナックやパブなんかが集まっている夜の街ってとこかな。昔はストリップ劇場なんかもあったらしい」

「こんな田舎に?」

「そうはいっても、館山市の人口は四万五千人ほどいるからね。お客として見こめるのは、古くからは漁師や海上自衛隊の航空基地の関係者。それに旅行者、別荘族だな」

「へえ、そうなんですか」

文哉は興味がなく、これまで足を踏み入れたこともなかった。

「じゃあ、姉はどんな仕事をしてたんでしょうか?」

「知らないの?」

「なんか、夜中に酔っ払って帰ってきてたみたいですけど」

「まあ夜の商売だからね。といっても、宏美さんが働いてたのはスナックだったらしいよね。お客さんとのやりとりはカウンター越しだけのはず。でも、仕事が終わると飲み歩いてもいたようだね」

「——やっぱり」

「まあ、それこそ田舎だから、噂は耳にするわけさ」

「噂って？」

「いや、それはその……」

寺島が言いよどんだとき、「テラさん、帰るんだって」と声がして、元町内会長の中瀬が庭先に現れた。いつもの野球帽をかぶっている。寺島よりは、ひとまわり若いと聞いているが、ほぼタメ口の関係だ。

「これ、持ってきたから」

野菜を盛ったザルを中瀬が縁側に置いた。

「おう、立派なキュウリだ。ナスもいい色してる」

寺島がのぞきこみ、感心する。

「あんが、幸吉（こうきち）さんの畑で採れた、もらいもんよ」

文哉はその名を聞いてドキリとした。苦い冬の記憶がよみがえったからだ。でも顔には出さず、「もう収穫できちゃうんですか」ととぼけた。実際、文哉は野菜の苗を植えたばかりでもあった。

「幸吉さん、知ってるべ？　偏屈で愛想はないが、野菜づくりだけは上手い。名人だかんな」

「そうでしたか、ありがとうございます」

文哉は色艶のいい野菜を台所へ運び、お茶の用意をした。

中瀬が来るといつも話は長くなる。亡くなった芳雄と同世代の中瀬のマイペース振りに当初は戸惑った。文哉が外出中に、勝手に家に上がりこんで、芳雄の遺影に手を合わせていることもあった。これも田舎ならではの付き合い方なのかと、今はあきらめてもいる。とはいえ、なにかと世話を焼き、地元の情報を伝えてくれるありがたい存在でもある。なにより、こうして食べ物までおすそ分けをしてくれるのだから。

熱いお茶を出し、ようやく二人の話が一段落したとき、「それで宏美さんのことなんだけどね」と寺島が話をもどした。

「あじょ?」

どうかした? という意味の土地言葉で中瀬が話の腰を折る。

「宏美さん、渚銀座で働いてただろ?」

「ああ、あのスナックな、おれも行ったことあるさ。遅くに、別の飲み屋で会ったこともある。お姉ちゃん、店が終わったあと、よく飲んでたもんな」

「だからそれはね」

寺島が言いづらそうに続けた。「だれかを捜してたんじゃないかな」

「捜してた? それって、だれをですか?」

「ああ、あの子か」

中瀬がつぶやき、「しまった」という顔をした。

――そういえば。

文哉は思いだし、芳雄のノートパソコンから自分の携帯電話に転送して保存した、浴衣姿の女性の画像を開いた。

「もしかしてこの人ですか？」

文哉が二人に携帯電話の画面を見せた。「これ、後ろに写ってるの、中瀬さんですよね？」

「えっ？」

「あ、ほんとだ。あんただ」

寺島が指さす。

「てことは、ここは渚銀座にある店なんですね？」

「んー、まあ、そうかもなー」

中瀬が言葉を濁す。

「この女性は？」

「――あ、いけね」

中瀬はあわてて腰を上げる。「おれ、ちょっくら用事を思い出した」。そう言って、そそくさと帰ってしまった。あまりにも露骨な逃げ方に二人はあぜんとした。

「――まったく」

寺島は呆れ、その後の話を引き受けてくれた。

寺島によれば、芳雄は生前、中瀬たちと館山の渚銀座の飲み屋へよく出かけていた。そのこと自体は、独身である芳雄の行動として何ら問題はないはず、と寺島は擁護した。

「別におかしな店じゃない。酒を飲んでマイクを握って好きな歌を何曲か歌う。まあ、テーブルに女性がついてくれるから、たまにデュエットしたり、下世話な話をするくらいなもんさ」

「そういう店には行ったことないですが、いわゆるキャバクラとかいうやつですか?」

「んー、そんな新しいもんじゃない。昔ながらの、まあ、パブだろうな」

寺島は苦笑する。「まあ、そういった店で楽しむうちに、男だからお気に入りの女性ができたりするわけだ。逃げた中瀬さんにしたって、今もたまにはそういう店に足を運んでいるはずさ。まあ、芳雄さんも付き合いがわるくなかったし、そういう子ができたんだろうね」

「――なるほど」

文哉は携帯電話の画像を見てうなずいた。

「という話さ」

寺島はそこで話を切り上げようとした。

「じゃあ、姉ちゃんは、この女性を捜してた、ということですか？」

「じゃないのかなあ」

「でも、なんでだろう？」

「んー、それはよくわからないけど、だれかに聞いたんじゃないかな」

「なにをですか？」

「つまり、芳雄さんとカレンの関係をさ」

「え？　カレン？　この人、外国の方なんですか？」

携帯電話の画面を見つめた文哉の声が高くなる。浴衣姿だったので、てっきり日本人だと思いこんでいた。よく見ると、たしかに肌は浅黒い。

「あ、今、名前言っちゃったね」

「テラさんもご存じなんですね？」

「まあ、知らなくはないよ。ただね、詳しくは聞いてないし、二人はおかしな関係じゃなかったと思う。もちろん、そういう店に行くのは、なんていうかな、さびしかったんじゃないのかな、芳雄さんも。男って、そういうとこあるでしょ。ましてや、こんな田舎で楽しみも少ないし、ある程度、歳を重ねればさ」

「テラさんもですか？」

「僕だってたまには行きますよ。酒はあまり飲めないけど、カラオケ好きだし」

「でもなんで姉は今さら、死んだ親父と関係のあった女性を捜したりしたんですかね?」

「やっぱりそこだよね……」

寺島はぬるくなった茶をすすり、小さくため息をついた。

宏美が家を出た理由もどこか判然としない。ぜひそのことは聞いておくべきだと文哉は思い、寺島を縁側から居間の卓袱台に誘った。

しぶしぶといった感じで靴を脱いだ寺島は、芳雄の遺影に手を合わせてから、あぐらをかいて文哉と向き合った。

「芳雄さん、いい人だったからさ」

寺島は褒め言葉を口にしたものの、人柄に頼りなさを感じていたことを声の響きに匂わせた。

「たとえばさ、そういう店に行くと、テーブルに女性がつくわけよ。店が混んでたら、あれだけど、時間が早くて空いてる場合、ひとりの客に二人くらいホステスがついちゃう場合があるわけさ。芳雄さんは客だから飲みはじめるじゃない。そうするとテーブルについた女性も、『一杯いただいていいですか?』となるわけだ。その一杯が店によるけど、おそらく千円くらい。それは芳雄さんもちになる。それが彼女たちの成績となり、その料金のうちのいくらかが報酬としてバックされる。だから彼女たちもがんばってご馳走(ちそう)になろうとするわけだね。でもね、それを何杯も飲まれたら、客が払うお金はどんどん高くなっていく。だから中瀬さんなんかは、はっきり言うよね、だめだって。あるいは、まだ早いとか。一杯だけだぞ、とかね。でも芳雄さんって人は、断れない。いいよ、いいよ、とやる。だから彼女たちも調子に乗る。まあ、そういうこともあり、ここだけの話、中瀬さんより、芳雄さんのほうがもてたよね」

寺島はその状況を思い出したように口元をゆるめた。「カレンもそんなホステスのひとりさ。芳雄さんはカレンと親しくなって、個人的な相談も受けてたようだ。詳しくは知らない。それについては、芳雄さんも言わなかったからね」

「そのカレンさんという女性は、親父が死んだことは知ってるんですかね？」

「もちろん知ってる。ほら、去年ここで芳雄さんを偲(しの)ぶ会をやったろ。あのあと、有志だけで館山の街へ繰り出したときに、カレンのいる店にも行って伝えたんだ。そしたら、いつもは陽気な店が、あの日ばかりはすっかり湿っぽくなっちゃってね。みんなで涙流しながら、芳雄さんが好きだった曲を歌ったのを覚えてる。カレンにとっても、いい常連さんであり、相談相手を失ったわけで、ショックだったんじゃないかな」

ありがたい話だった。

――それにしてもよくわからない。

父にはそういう女性がいたというなら、それはそれでよかった。なぜなら、孤独ではなく、それなりにここでの生活をエンジョイしていた、ということだからだ。許される遊興の範疇だとも受け取れる。自分の記憶のなかでは、愛想がなく、いつも不機嫌そうで、そんなに世話好きだとはどうしても思えなかったが――。

「これはあくまで憶測だけどね」

寺島は断りを入れてから続けた。「もしかしたら、芳雄さんはカレンになんらかの援助をしていたのかもしれないね。そのことをだれかから聞いた宏美さんが、詳しい事情を知りたくて、カレンを捜していた、とは考えられないかな」

「なんらかの援助とは、金銭的なことですかね?」

「はっきりしたことはわからない」

寺島は首を横に数回振った。

お金が絡んでいたとすれば、宏美のやりそうなことでもあった。

「それで、姉は、その人に会えたんでしょうか?」

「いや、たぶん会ってないだろう。芳雄さんが亡くなってからしばらくして、カレンは店を辞めたって聞いたよ。そのあとだよね、宏美さんが渚銀座で働き出したのは」

寺島はしゃべり疲れたように、自分の首の後ろに手を置き、ゆっくり揉むようにしていた。

　夕飯には、中瀬が持ってきてくれた野菜をさっそくいただいた。

　中瀬の親戚である幸吉が育てたというキュウリには、緑色の皮の表面に小さなトゲトゲがあった。とれたてだからだ。流しで洗って味噌をつけ、そのままかじる。

「うまっ」

　思わず声が出る。

　少々ぶかっこうなものもあったが、えぐみがなく、それでいて瑞々しい。

　つやつやの濃い紫色のナスは薄切りにして多めの油で炒め、ぐるりと醤油をまわし、炊きたてのご飯の上に載せる。焼きナス丼の完成だ。

「うわっ」

　実がトロトロで、こちらも文句なくうまい。

　どちらの野菜もなぜか香りが強く、味が濃かった。これまでも野菜は何度かもらったが、正直、このキュウリやナスには敵わない。なにがちがうのか考えてみたが、新鮮さ以外のことはよくわからない。

　手を合わせ、「ごちそうさま」と声に出した。

　食後、宏美に連絡をとろうかと思ったがやめた。

　ともあれ、今の文哉には、一周忌が過ぎた芳雄の過去をあれこれ詮索する気持ちはない。それよりも日々生きていくこと、これからのことに注力すべき状況でもある。定年近くで会社を辞め、田舎暮らしをはじめた父とはわけがちがう。文哉は自分を戒めた。

今は精一杯働くとき。ただ、どう働くかは、自分で選ぶことができる。幸いなことに。

13

〝おはようございます。流木が足りません。よろしくお願いします〟

今朝、海を眺めながら庭のテーブルで朝食をとっていると、短いメールが着信した。凪子からだ。

凪子からメールをもらうのは初めてだ。おそらく和海から文哉のアドレスを聞いたのだろう。よほど困っていると見える。

和海をはじめ、坂田家にはなにかと世話になっている。最近サボっていたので、さっそく探しに行くことにした。東京で暮らしている頃は、やらなければならないことがあっても後回しにしてきたが、ここでの生活で変わった。とくに人から頼まれたら、自分のことは措いてでも先に取りかかるようになった。

このところ、近くの浜ではよい流木がなかなか見つからない。拾いきってしまった感もある。そこで家にあった小さめの双眼鏡を首からかけ、自転車で遠出をした。海岸線をゆっくり走り、自転車を止めては双眼鏡を眺める。だが、なかなか流木が見当たらない。

流木といっても、流れ着いた木ならなんでもよいというわけではない。大きさ、かたち、色、状態など細かく吟味する必要があり、そこが流木探しのむずかしいところでもある。

先日、漁師に声をかけられた磯が近くなり、そのやりとりを思い出し、少々憂鬱になった。そういえばあれから海に潜っていない。

自転車を駐め、拾い上げた棒きれを振り回しながら砂浜を歩いた。遠くに人影が見え、双眼鏡で覗くと、ベージュで統一した探検家のような服装の人物がやって来る。なにやら学者のような風貌の年配の男で、土地の者には見えない。波打ち際で腰を折り、うつむき、立ち上がり、また歩きはじめる。

――いったいなにを探しているのだろう。

ここへ来たての頃、家の近くの磯で、地元の人らしきおばさんが、なにかを拾い上げてはバケツに入れていた。そのときは挨拶ができずに、なにを拾っているのか知ることができなかった。

ここで暮らしはじめて文哉がまず学んだのは、挨拶は自分からするもの、ということだ。狭い田舎の社会では、挨拶をしない者はよそ者、あるいは不審者と見られる。自分から挨拶をすれば顔を覚えてもらえるし、ときには思いがけない恩恵を受ける、ということも知った。

あれは今年の一月のことだ。

年が明け、貝の食中毒から立ち直り、ようやく食欲が出てきた文哉は、釣り道具を手にして、ふらふらと家を出た。海沿いの道に出る途中にある畑を覗くと、野菜らしきものが生えていた。よく見ると、土から白いものが盛り上がっている。うまそうな白いダイコンの首だった。あれを温かく煮こんで食べたい。そう思い、唾で喉を鳴らしたとき、人の気配を感じ、その場を離れようとした。振り返ると、肩に鍬を乗せた老人が立ち止まり、こちらを見ていた。偏屈という評判の幸吉だった。

畑から向かったのは、家から二番目に近い大きな港、豊浦新港。冷たい風が吹く夕暮れ近い港には、人の姿はほぼ見当たらず、目指した防波堤で釣りをしているのは中年の男ひとりだけだった。

「こんにちは、釣れてますか？」

文哉が尋ねたのは、自分が魚を釣るための情報収集のためでもあった。

だが、見知らぬその男は、釣りに集中していたのか、返事をしなかった。装備はそれなりに本格的で、文哉が釣ろうとする魚とは異なる大物を狙っているようでもあった。

釣れていないのかと思い、少し離れた場所で文哉は釣り餌を探し、竿を出した。しかし寒さで自分の手が震えるばかりで、いっこうに魚のアタリはない。しばらくして、中年の男が竿をたたみはじめた。どうやら帰るらしい。

男は水中に沈めてあるスカリを上げた。

文哉が視線を竿先の浮きに向けたあと、背後に人の気配がした。振り向くと、さっき挨拶をしても返事をしなかった男がスカリを手に立っていた。

「こまいけど、今日はけっこう釣れたわ」

男は目尻にしわを寄せ、逆さにしたスカリを振った。コンクリートの上になにかが落ちた。二十センチくらいの二匹の黒い魚だ。ビタビタと跳ねている。

――え？

と顔を上げた。

「自分の食う分は取ったから、よかったら持ってけ」

見れば黒鯛（くろだい）の子供のチヌだ。文哉は釣ったことも食べたこともない。

「いいんですか？」

男は口元をゆるめてうなずいた。

こんなことってあるんだな、と思った。おそらく文哉が自分から挨拶をしたからだ。男はそのとき返事をしなかったけれど、素敵なプレゼントをくれた。

その日の夕飯は、黒鯛の刺身に、黒鯛の塩焼き。ひさしぶりに炊いた白米を一緒に口にほおばると、カサカサに乾いた唇がひび割れ、涙が出た。黒鯛はあまりうまくないと聞いたことがあったが、とてもおいしくいただいた。頭を煮た潮汁(うしおじる)も最高だった。

それ以来、文哉は自分からどんどん挨拶をするようになった。たとえ返事をしてもらえなくとも、がっかりしたりしない。なにしろ、挨拶をするのはただなのだ。


学者のような風貌の年配の男の近くまで来たとき、「こんにちは」と文哉から声をかけた。

視線を落としていた男は、文哉に気づいていなかったのか、はっとした様子で、

「ああ、こんにちは」とやや遅れて反応した。

「なにを拾ってるんですか？」

文哉が笑いかけると、老人も口元をゆるめた。

「僕は流木を拾いに来たんですけど」

「へえー、流木ですか」

老人は小さくうなずき、「私はこれです」と言って、手にしたものを見せてくれた。

それはかたちの整った巻き貝の貝殻だった。

「──孫にね」

「それはいいお土産になりますね」

文哉の言葉に、男は照れくさそうにした。

「ところで、流木を拾ってどうするんですか？」

「海辺の漂流物を使ってオブジェやアクセサリーをつくってる知り合いがいるんです。その人に頼まれて」

「──ほう、それはおもしろそうですね」

「彼女が手がける流木のオブジェは、とくに人気があります。でも、流木はいつもあるとは限らないんで」

「なるほど。じゃあ、あなたは地元の方なんですね」

「ええ、そうです」

「ここはじつにいいところですな」

老人は品のよい笑い方をしたあと、「そういえば、こんなものも拾いましたよ」と続け、ポケットをまさぐった。手に取り出したのは、親指の爪よりひとまわり大きな白いなにかの欠片のようだった。ビーチグラスのように透明感はないが、角が取れ、丸みを帯びている。

「これ、なんだかわかりますか？」

「陶器の欠片かなにかですか？」

「正確には陶器ではありませんが、同じくやきものです」

老人がつまんで裏返すと、鮮やかな青い渦巻きがあった。

「なんの模様だろう？」

「偶然見つけたんですけどね、唐草模様のひとつ、蛸唐草の文様にまちがいないと思うんですよ」

「タコカラクサ、ですか。へえー」

「私、少々やきものに凝ってましてね。おそらくこれは染付の磁器。伊万里焼が割れたものじゃないかと思いましてね。それもかなり古い」

「伊万里焼ですか……」

「ご存じないですかね。江戸の初期から、佐賀県の有田地方でつくられた磁器のことです。伊万里港から積み出されたので、そう呼ばれています」

「名前だけは聞いたことがあるような。これって、そんなに古いものなんですか」

文哉は首をかしげ、手にしていた棒きれを放し、その磁器片を受け取って見せてもらった。

「でもなんでまた、それがこんな遠い、南房総の砂浜に？」

「そこがおもしろいところですよね」

老人はうなずいた。「私が思うに、伊万里港からの積み荷だったんでしょう。江戸へ船で運ぶ途中で割れたものを、このあたりで処分するために、海に捨てたんじゃないですかね」

「それが流されてこの砂浜にたどり着いた、というわけですか？」

「だと推測できます。古伊万里の染付蛸唐草文皿なんかは、今ではとても価値がある。もちろん、これは欠片ですけど、同じ時代のものだから、浪漫（ロマン）がありますよね」

老人はにこやかに笑った。

「へえー、おもしろい話ですね。そんな古い時代のものが、こんなかたちで落ちてるなんて」

文哉はもう一度よく見た。

こうして眺めてみると、模様の涼しげな青、というより藍色になぜか心が惹かれる。

「よかったら、差し上げますよ」

「いえ、それは……」

と言いかけたが、いつものクセで「いいんですか？」と口にした。

老人がうなずいたので、「それじゃあ、よろこんで頂戴します」と答えた。

「もしかしたら、あなたの知り合いの方なら、それを上手に生かせるかもしれない」

「え、ああ、なるほど……」

文哉は磁器片を握りしめた。

からだを前に傾けるようにしてゆっくり歩き出した老人に、「失礼ですが、どちらからいらっしゃったんですか？」と問いかけた。

「私は東京です。こっちに家があるもんですから」

「というと、別荘をお持ちで？」

「ええ、まあ」

「――そうでしたか」

文哉は老人の背中を見送った。

もらった磁器片をもう一度見つめ、テープを貼って補修した自転車のサドルに腰かけてから、自己紹介をすればよかったと後悔した。自分の仕事を知ってもらうためにも。

でも、うまく説明する自信がなかった。そういえば、名刺さえつくっていない。ビジネスを拡げるための初歩的なツールすら持ち合わせていない自分に呆れ、ひとりで苦笑してしまった。

家に帰る途中、和海の実家、凪子の家に立ち寄ると、縁側にふたりの姿があった。

庭にある雨ざらしの浴槽のなかには、流木は沈んでおらず、気持ちよさそうに青色のメダカが水草のあいだを泳いでいる。

「流木、どうだい？」

「今日、大房岬の向こうまで遠征したんですけど、だめでした」

「そうか、おれもいまひとつだ。海が荒れないとなあ。かといって、台風はごめんだし」

和海は渋い顔をしてみせた。

流木不足のせいもあり、凪子は貝殻やビーチグラスを使った雑貨やアクセサリーをつくってもいる。ただ、貝細工は昔からあるし、ビーチグラスは人工的につくる業者が増え、以前ほど目新しいものではなくなりつつある。

「これなんですけど――」

文哉は、砂浜で会った老人からもらった磁器片を見せ、二人に事情を話した。

「へえー、たしかにこういうの、落ちてるときあるな。でもおれなら、絶対に拾わないけど」

和海は鼻で笑う。

凪子は口を開かず、じっと見つめていた。

「古い伊万里焼らしいよ」

文哉が言うと、「なんかいい、この青。深く澄んだ海の色。懐かしい色」と凪子がつぶやいた。

「あげるよ」と文哉は答えた。

帰り際、凪子から封筒を渡された。

「なにこれ?」

文哉の問いかけに、凪子はしどろもどろながら、いつも流木などを拾ってきてくれるお礼だと説明した。

封筒のなかには一万円札が入っていた。福沢諭吉を見るのはひさしぶりだ。口のなかに唾さえ出てきたが、ゴクリと呑みこみ、「いいって」と返そうとした。

すると和海が口を挟んだ。

「いいか、おれからも言わせてもらうぞ。凪子がつくったものを初めて売ってくれたのは、文哉の親父、芳雄さんだ。でもな、売れた数はわずかだった。それに比べて文哉は、これまでたくさん売ってくれた。なにより、ひとつひとつの値段を驚くくらい高くしてくれた」

「それは……」

「値段を決めるのは文哉だろ。凪子のつくるものを高く評価してくれるってことだ。おれは正直、高すぎやしないかと心配した。でも売れてんだ。注文に追いつけないくらいだ。そんな真似、まちがいなくおれにはできねえ。この茶碗の欠片みたいなのにしたって、おれならうっちゃるだろうよ。おれもやってるからわかるけど、流木を集めるのだってそれなりに苦労はあんのよ。時間も労力もかかんだよ。それを文哉は黙ってやり続けてくれてる。おれからも礼を言う」

和海が短く刈った頭を下げた。「な、儲かってんだ。おまえが材料代くらい請求したっておかしくない。なんていうか、文哉にはさ、見る目があるんだろうよ」

「カズさん……」

文哉は自信なげにつぶやいた。

「そうだと思う」と凪子が口を開いた。「いい流木は、海と砂が磨いたもので、私の手柄だなんて思ってない。拾ったときに、作品としてほぼ完成してると思う。だから、拾った人がいちばんえらいんだよ」

「そんなことないさ」

「それにね、カズさんが持ってきてくれる流木より、文哉さんが持ってきてくれるやつのほうが、使える」

「ほらな、いつも言われてんだよ」

和海が悔しそうに頭をがりがりと掻いた。

「それじゃあ、ありがたく」

文哉はうなずき、二人に頭を下げて受け取った。胸がじんわり熱くなった。気持ちがありがたかった。

「なあ、凪子」

和海が姪っ子に顔を向ける。「今度儲かったら、おじさんにも金くれよな」

凪子が頬をふくらませ、三人で笑った。

騒がしくしたせいか、和海の母がめずらしく出てきた。

「——これを文哉さんに」

そう言って、ひじきの煮物を持たせてくれた。あまり話をしたことがない凪子の祖母が、自分の名前を呼んでくれたことが文哉はうれしかった。

「また、近いうちに流木さがしに行くから」

文哉は、凪子の切れ長の目を見て約束した。

14

凪子の家からの帰り道、別荘地へ続く坂の手前で、文哉は歩みをゆるめた。

生け垣の隙間から覗いた畑に、しゃがんでいる老人を見つけた。言葉を交わしたことは一度もないが、顔だけは知っている。

「どうも、こんにちは」

文哉は生け垣越しに声をかけた。

使い古しの軍手によく切れそうな鎌を握った老人がチラリと見る。

――が、無視された。

「あのー、坂の上の緒方です」

文哉は言い方を変えてみた。「このあいだ、中瀬さんから野菜をいただきまして、ありがとうございました」

幸吉は顔を上げ、小さく顎を振った。白いものがまじった眉毛が長い。

「このあいだの野菜、めちゃくちゃおいしかったです。じつは僕も畑をはじめたんですが、わからないことだらけで」

すると、ちょいちょいと幸吉が手を振った。

その仕草の意図は正確にはわかりかねたが、文哉は「お邪魔します」と声をかけ、生け垣の端にある出入り口から畑に入った。

「いやあー、かなり広いんですね」

文哉はそう言って感心して見せたが、じつは戸惑っていた。幸吉の畑は、一面雑草が生え放題で、ずいぶんと手入れがわるそうに見えたからだ。しかも、畝が見当たらない。中瀬からいただいた野菜が、ここでつくられたとは到底思えない。狭いが自分の畑のほうがよっぽど、なんというか、畑らしい。正直、がっかりした。

「あんちゃん、あに・・つくってんだ？」

がに股の幸吉が立ち上がった。かなり小柄だ。日焼けしたしわだらけの顔に笑みはなく、目を合わせようとしない。

「ミニトマトとシシトウ、それにカボチャを植えてみました」

「苗を買ってきて植えたってこったな」

幸吉は「そんだけか」というふうに鼻で笑った。

「いただいたキュウリ、おいしかったです」

「キュウリが好きなら、スーパーで買えばいいべさ」

「いえ、できれば野菜くらいは自給自足できないかと思いまして。それにキュウリにもいろいろあると思います」

「あんた、仕事は？」

「別荘の管理をやってます。あとは、ときどきカズさんの手伝いを」

「食うに困ってるだか？」

幸吉は雑草に覆われた地面から、張り付くように生えた草を手早く抜き取ると、軍手を差し出して言った。「なら、これでも食いな」

文哉はあぜんとした。

ずいぶん馬鹿にした話ではないか。食うものがないなら、雑草でも食えというのか。

――それとも。

文哉の心がざわついた。

今年の一月、空腹の文哉が畑を覗いていた理由を見抜かれたのだろうか。

中瀬も口にしていたが、それにしてもむずかしそうな人物だ。

苦笑いで応じた文哉は家へ帰る道すがら、先日の漁師を思い出した。あのときは海だったが、今度は畑から追い出されたような気分に滅入った。

田舎は変わり者が多いのだろうか。そんなふうにも思えてしまった。

しかたなく幸吉の軍手から受け取った、赤紫の茎をした、やけにぷっくりとした肉厚な葉を付けた植物は、流しの脇に置いたままだ。念のため、携帯電話で写真を撮って、〝これって食えるんですか？〟と和海に送ったところ、〝なんて言ったっけな。でも食えるよ〟とすぐに返事があった。

「はっ？　食えるのかよ」

文哉は赤紫の茎をつまんでまじまじと見た。

すると、今度は瓜子からメールが届いた。

〝カズさんから画像が転送されてきました。これは「スベリヒユ」です。〟とあった。

「スベリヒユの食べ方」で検索したところ、驚いたことにレシピがたくさん出てきた。どうやらスベリヒユは、日本では単なる雑草として扱われてきたようだが、世界では古くから食用とされてきた歴史があるらしい。トルコやイタリアや中国、フランスなどで料理の食材にもなっているという。それどころか、かなり栄養が豊富らしい。

そのままサラダとして食べられるようだが、今回はさっと湯がいてみたところ、やや粘り気が出て、醬油をかけて口に運ぶと、「えっ」と驚くほど、ふつうにおいしかった。

文哉は縁側から庭に出た。

「――あるじゃん」

庭の畑の近くに同じものが生えている。おそらくこれまでは雑草として抜いていたはずだ。もったいないことをした。

文哉の頭に、幸吉の顔が浮かんだ。

――生きるために知るべきことが、まだまだたくさんある。

あらためて思った。

15

六月中旬、ノートパソコンを使って自分の名刺をつくっている最中に家の電話が鳴った。ふだんは使わないため、しばらくなにが鳴っているのかわからなかったくらいだ。この電話にかけてくるのは、芳雄に関係のある人物と見てまちがいない。

案の定、別荘管理の契約者名簿にある、まだ一度も会ったことのない植草（うえくさ）の姓を名乗った。しかし本人ではなく、息子だという。去年、父が亡くなり、遺産として別荘を相続したとの話だった。

「それは、ご愁傷様でした」

「それでね」

文哉の境遇とよく似た息子は、管理契約の解除について口にした。「今月いっぱいで」

突然の申し出に、文哉は面喰らった。

契約解除となれば、前金でもらっている一年間の管理費をどうすべきか、判断せねばならない。しかしそれらの取り決めに関する書面は残っていない。返金となれば、大きな痛手だ。

しかし相手の口調から、こちらの都合など考えてはもらえそうもなく、「承知しました」と返事した上で、「ところで別荘のほうは、どうなさるおつもりですか？」と尋ねてみた。

「それって個人情報ですよね？」

神経質そうな声が言った。

東京で働いていた際、よく耳にしたせりふだ。文哉自身も使ったことがある。会社の電話におけるクレーム対応のマニュアルにも載っていた。

「失礼しました。でしたら、けっこうです」

文哉が応じると、「あ、そうだ。そっちに鍵を預かってもらっているよね。その鍵、なるべく早く返してもらえますか。不動産屋に渡さなきゃならないもんで」と早口で言われた。ということは、早期の売却を考えているのだろう。

「では今月、六月いっぱいで契約解除ということでよろしいでしょうか。八月末までの一年契約ですが、前金でいただいている二ヶ月分の管理費についてはお返しします。こちらにいらっしゃるご予定は？」

「行くつもりなんてないよ」

息子はなぜか声に笑いを含ませた。「というか、行ったこともないけどね」

「そうでしたか」

別荘の売却に関して、どこの不動産屋に委託するのか尋ねようか迷ったが、それも個人情報だと言われそうなのでやめておいた。

「ところで管理費の一ヶ月分っていくらなの？」

「五千円になります」

「そんなもんなんだ。じゃあ、不動産屋と話して、別荘の鍵についてどうするか、また連絡しますんで」

「わかりました」

文哉は答え、埃をかぶった本体に受話器をもどした。

契約解除はこんなふうに電話一本で決まってしまう。年間にして、六万円の収入が一瞬にして途絶えてしまった。

「はあー」とため息をついたとき、庭に人の気配がした。

両腕を組んで佇んでいるのは、先日、スベリヒユをくれた農作業着姿の幸吉だ。頭には手ぬぐいを巻いている。

「おはようございます」

文哉が声をかけると、「うむ」とうなずいたまま、しばらく文哉の畑を見ていたが、黙ったまま歩き出し、帰ろうとする。

「幸吉さん、どうかしたんですか？」

あわてて呼び止めた。

「いや、なんでもねえ」

「あのー、このあいだいただいたスベリヒユ、おいしかったです」

文哉の言葉に、幸吉が立ち止まった。

「食ったんか?」とやや意外そうな声。

「ええ、初めてでしたけど」

文哉は正直に答え、頼んだ。「幸吉さん、うちの畑、おかしなところがあれば教えてください」

「いや、どんな具合なのか見に来ただけだ」

そこで初めて幸吉は、文哉と視線を合わせた。「こりゃあ、かっこだけ。遊びだっぺ」

その言葉に、文哉はカチンときた。

「いや、でもですね、おれは雑草もちゃんと抜いてるし、畝だって立ててるし、水も遣(や)ってるんですけどね」

つい、言ってしまった。

「へっ、あにが雑草だ。食えるものの見分けもつかねえくせによ。雑草だってな、生きてんだぞ」

幸吉はそっぽを向き、「それと、畝か。ご立派な畝だなあ。好きにしな」と言って、行ってしまった。

——いやなじいさんだ。

文哉は思ったが、悔しくもあった。

——畑なんか、やめちまおうかな。

海でも陸でもうまくいきそうにない。

ただ、漁業と農業を比べたとき、庭仕事が好きな文哉としては、土をいじる畑仕事のほうが自分に向いているような気がした。それに海には漁業権という規制がある。農業にはそんなややこしいものはなさそうだ。野菜はだれもがつくり、収穫できる。農産物直売所に貼られたポスターに、「当店では、自分の育てた野菜類を委託販売することができます」とあり、興味を覚え調べたところ、収穫したものを売ることさえ、自由なのだ。

田舎には、個人による無人の野菜などの直売所がよくある。小屋のなかに、自家栽培の野菜や、ときには花苗や野草などが並べられ、現金を投入する空き缶が置かれている。今や「他人を信じるな」と教えられる時代に、驚きの販売システムだと文哉は思ったものだ。

なにもあんな偏屈なじいさんに教えを請うことはない。

その後、テレビの家庭菜園番組を見て勉強し、幸吉に負けるものかと肥料や資材を買いに走り、ならば自分のやり方で育てるまでと、ついでにキュウリの苗も買った。

16

夕方、野球帽をかぶった中瀬が庭にやって来た。

「テラさん、やっぱり帰ったんだな」

また野菜を持ってきてくれた。

「なんかあったのか?」

「なにがですか?」

「いや、幸吉さんが、これを坂の上のあんちゃんとこに持ってけって言うもんでな。いつもは余ったらだれかにやれ、と言うだけなのによ」

「じつは——」

文哉はことの経緯を話した。

「あの人ももう年だからな。子供はみんなここを離れて、ばあさん亡くして、独りになっちまった。まあ、愛想はないし、野菜づくりのほかには、酒を飲むくらいしか楽しみはないんだろう。まあ、気にすることねえ」

中瀬はその話に興味を示さず、さっさと話題を変えた。

「そういえば、こないだの話なんだけどな。ほら、おれが写ってた写真の」

「あ、はい？」

「おれ、余計なこと言ったかもしれん」

「だれにですか？」

「宏美ちゃん」

ばつがわるそうな中瀬は、文哉に携帯電話で写真を見せられ逃げ帰った際の話を、自分から蒸し返した。

中瀬は、芳雄とカレンの関係について、飲み屋で宏美に話したそうだ。カレンは、芳雄から援助を受けていたにもかかわらず、店を辞めてこの街を捨てた。結局、芳雄さんは騙されていたのだ、などと口走ってしまったという。

「おれも酔ってたからさ」

本当のところはわからない、と中瀬はつけ加えた。

ではなぜ中瀬がそんなことを口にしたのか。どうやら中瀬は、年甲斐もなくカレンに入れこんでいたようだ。カレンの働く店に半年で二十万円はつぎこんだと嘆いてもいた。文哉には驚きだったが、この年になっても、どうやら男はバカになる、いや、なれるらしい。

「そのとき、姉はどんな反応でしたか？」

「そりゃあ、怒ってたよ」

中瀬が言うには、宏美はカレンに対してより、むしろ父に対して腹を立てたようだ。おそらく宏美にしてみれば、そんな女を援助するくらいならなぜ自分を、という思いがあるのかもしれない。

17

六月も残り少なくなってきたその日、管理を任されている別荘の定期巡回に朝から取りかかった。亡くなった契約者の息子から契約解除の電話を受けた植草邸にも訪れ、最後の点検に入った。

植草邸は、このところ使われた様子もなく、庭は草が伸び放題になっている。契約にある別荘管理の基本サービスは、「家屋の巡回」「窓開け」「清掃」。最後の「清掃」とは、あくまで玄関周りに限定されていて、屋内の清掃や庭の草刈りなどについては、別途追加サービス料金をもらうことになっている。

いつものように合鍵で入り、すべての窓を開け、家のなかを見てまわった。一週間に一度の「窓開け」は、建物を維持するための最低限の通風作業に過ぎない。最近の滞在がないせいか、屋内はどこか湿っぽく、かび臭くもあった。

異変に気づいたのは、文哉の家の三倍近い広さがある浴室の換気に入ったときだ。目の錯覚かと一瞬思ったが、黒御影石調の壁が動いている。

——羽アリだ。

それもかなりの数が集まっている。

携帯電話を取り出し、急ぎ写真を撮影。その場で直ちに、先日話した植草の連絡先に電話を入れ、事情を説明した。

「なんだよ、それ。まさか、シロアリ？」

「その可能性があります」

「勘弁してよ。すぐ退治して」

「殺虫剤を散布しますが、応急処置に過ぎません。こちらとしては、見回りの際に発見した異常は連絡しますが」

「それ以上は、金を払えってこと？」

男が苛立たしげに声をかぶせてきた。「じゃあさ、前金で払ってある金でやってくれない」

文哉はひと息入れ、「いえ、今月で契約は切れますから、そちらのほうでプロの業者に頼んでください」。突き放すようにそう告げた。

最初の電話のときから、この男によい印象がなかった。これ以上関わり合うのは考えものだ。

「ああ、わかったよ。なら、そっちの不動産業者に頼むからいいよ」

「鍵はどうします？」

「不動産屋に送って」

地元の不動産業者の名前と住所を早口で伝え、植草はさっさと電話を切った。

翌日、文哉は自転車に乗り、最寄りの豊浦駅近くにある「近藤(こんどう)不動産」を訪れた。ガラスに貼られた物件チラシの隙間から覗くと、コピー機の奥のソファーで男がうつらうつら船を漕いでいる。

こぢんまりとした田舎の個人商店といった店内で対応してくれたのは、眠りから覚めた初老の男性で、名刺の肩書きには代表取締役社長とあった。文哉はその場面で初めて自作した自分の名刺を使ってみた。

「南房総　別荘管理人　緒方文哉さん」

社長の近藤が読み上げた。

「はい、このあたりの別荘の管理を個人で請け負っています」

「あれ、もしかして旧港近くの、坂の一番上の？」

「ええ、そうです。父がその家を買いまして」

「ああ、亡くなった緒方さんの」

近藤は二度うなずくと、あのあたりの物件の多くは自社で取り扱ったものだと教えてくれた。そのため、売却する際も同じ業者に頼むケースが多いそうだ。芳雄とは、現地で何度か顔を合わせ、立ち話をした程度だという。

「じゃあ、息子さんが仕事を引き継いだってわけだ」

白髪の社長は、ものめずらしげに文哉に鼻眼鏡の奥の細い目を向けた。

文哉は挨拶が遅れたことを詫び、植草邸の鍵を渡して引き揚げた。


午後からは近くの浜で釣り。もちろん遊びではなく、食料の調達のためだ。

近藤不動産から自転車で館山市内まで足を延ばし、釣り具のリサイクルショップで買った格安仕掛けを使い、砂浜からシロギスを狙った。ジャリメと呼ばれるミミズのような餌がシロギスにはよいとされるが、釣具屋で買えば五百円もする。だから文哉は河口の砂地を掘って集めたゴカイを使った。その河口のポイントを教えてくれたのは、和海だ。

餌のゴカイを仕掛けの針ふたつに付けて遠投し、置き竿にする。砂浜を歩きながら流木を探すが、よさそうなものはなかなか見つからない。

しばらくして置き竿の場所にもどり、リールを巻く。

「くそっ」

置き竿にした仕掛けの餌どころか、針まで二つともなくなっていた。餌取りと知られる、歯の鋭いクサフグの仕業だろう。釣り針を結び直し、今度は竿を持って待つことにした。

「釣れてる?」

背後から声をかけてきたのは、凪子だった。「庭から見えたから」

「今、はじめたばかり」

そう答えると、「釣りしてる人って、みんなそう答えるよね」と凪子が笑った。

たしかにそのとおりだ。文哉も防波堤で釣り人に声をかけ、何度もそう言われたことがある。要するに、釣れていない言い訳だ。

「これ、つくってみた」

凪子が手のひらに載せて差し出したのは、先日文哉が渡した、古伊万里らしき磁器片を使ったブローチだった。

「なかなかいいじゃん」

思わず声を上げた。

「だよね?」

「うん、なんか素朴な感じですごくいいと思う。余計な飾りもなくて」

「――あげる」

凪子は言ったあと、「あ、返す」と言い直した。

「じゃあ、うちの店で売ってみるわ」

文哉は答え、ポケットにそっとしまった。

「宏美さん、まだ帰ってこないの？」

「そうなんだよ。店もほったらかしで、まいっちゃうよ」

「お店、お客さん来る？」

「まあ、来ないんだけどね。地元の人がちょくちょく顔をだすくらいなもんで、お茶飲んで帰るだけだけど」

「もったいないね」

凪子がつぶやいた。

そのとき、文哉の手にした竿の先がぶるぶると震えた。魚信だ。

「ちえっ、またフグのやつかな」

半信半疑で文哉がリールを巻き上げる。ぐぐん、ぐぐん、と手応えがある。波間から顔を出したのは、この日初めてのシロギス。しかも二十センチオーバーの良型ときた。

「よっしゃ！」

文哉は波打ち際の砂地で跳ねるシロギスをつかみ、そのパールのような白く輝く魚体を凪子と眺め、一緒に笑った。

その後もアタリが続き、夕飯はシロギスの天ぷら。和海を呼んで、凪子と一緒にいただいた。いつももらってばかりの身なので、「おいしい」という言葉がうれしかった。

そういえばこのところ、スーパーで食料品を買っていない。先日は、コメを買いにいったが、財布を家に忘れたので帰ってきた。それでもなんとかなっている。

18

七月、庭の畑に植えた野菜の苗は、順調に育っている。去年も世話になったミニトマトはすでに何度か収穫した。

しかしこのペースでは、野菜の自給自足などほど遠い。それに苗や肥料や資材の値段を考えると、今のところプラスにはなっていない。中瀬が持ってきてくれた幸吉の野菜の量を思い出し、今にも降り出しそうな空を仰いだ。

まず苗を植えるのが遅すぎた。それに今の畑では狭すぎる。かといって、畑に適した使えるスペースはこの庭にはもうない。

鼻先にぽたりときた。

雨が降りはじめたところで、家の電話が鳴った。

相手は、先月で管理契約を解除した植草だった。

「鍵のことでしたら、近藤不動産に届けましたよ」と文哉は先に告げた。

すると、二ヶ月分の管理費のことを持ち出してきた。こちらへ来ないのであれば、振込先を教えてもらえれば、そこへ振り込む。ただし振込手数料は差し引く。そう答えたところ、頼みたいことがあると言われた。

どうやら近藤不動産から、シロアリ退治のあとに、現地の様子を伝えられ、現状のままでは高くは売れない、とでも言われたようだ。

それはそうだろう。庭には草が生え放題なのだから。

去年、この家を売ろうとした際、やはり同じようなことを宏美が言っていた。そのため文哉は散々働かされたのだ。庭はもちろん、屋内の掃除や、父の遺品整理にも取り組んだ。

「だもんだから、管理費の前金の残高で、庭の草刈りを頼めないかと思いましてね」

年齢が読み取れない植草は、以前とは打って変わって丁寧な口調になった。文哉をうまく利用しようという魂胆かもしれない。

「週末にでも一度こっちにいらしたらどうですか？　一日あれば、庭もなんとかなりますよ」

文哉が言うと、「だから、そうできればしてますよ」とうんざりした声を返してきた。

いかなる理由かは語らなかったが、植草にはそういう時間はないらしい。東京で多忙な日々を送っているようだ。

気落ちした声が気の毒にも思え、それに自分にとっては仕事でもあり、「草刈りだけでしたら、お受けしますよ。ただ、先月で管理契約は切れてますから、通常料金として一万円いただきます」と告げた。

「わかった。なるべく早くやってほしい。それがすまないと、売り出しできないんでね」

「明日、やります」

「それはありがたい」

「今はそれほど忙しくないんで」

文哉は正直に言った。「時間さえあれば、たいていのことはなんとかなりますから」

植草は一拍置いて、「なんだかうらやましいね」とつぶやいた。

翌日はあいにく朝から雨。梅雨時なので、雨は止みそうにない。カッパを着て出かけ、庭の様子を携帯電話でまず写し、午前九時から植草邸の草刈りに取り組んだ。

文哉は、和海のように草刈り機は持っていない。頼めば借りることもできるが、未だに刈込鋏を使っている。当然時間もかかる。でもそのほうが、なんというか、仕事をしている実感が湧き、気持ちよくもある。

未亡人の永井さんには、通常の管理契約とは別に、庭の手入れも任されている。高麗芝が植えられ、天使のオーナメントが置かれている庭は広く、花壇はバラを中心に植栽も豊かだ。その芝生も、時間をかけて数種類のはさみを使い、手刈りしている。

もっとも、それにも限界があるわけで、道具を買うためのお金を貯めている最中だ。草刈り機のほかにも欲しい道具がある。たとえば、太い木を切るにはチェーンソーが必要になる。

不思議なことに、ここへ来て、自分が使う道具がずいぶんと変わった。以前は必需品のように思えたものが、今はそうではなくなってしまった。

庭を管理する上では、除草剤を含む薬剤の使用はなるべく避けている。からだにもわるそうだし、お金もかかる。とはいえ、バラにつく虫や病気の予防には必要とされてもいる。アブラムシがついているのを見つけたら、まずは薬を使わず、自分の指先でこそぎ落とすようにしている。園芸用の手袋をしているし、これがいちばん手っ取り早く、そして安くつく。

庭の手入れについては自分なりに勉強し、時間をかけている分、永井邸の庭はよい状態に保つことができている。

残念ながら永井さんが春に体調を崩したため、満開のバラの咲いた庭を見てもらうことはできなかったが、写真を撮っておいた。おそらく去年同様、梅雨明けにはやって来るだろう。

そぼ降る雨のなか、植草邸の草刈りを進めている途中、庭の奥でそれを見つけた。

大量のレンガ資材の横に、ブルーシートで隠すように伏せて置かれていたのは、小型のボートだ。

ここ南房総に別荘を持つ多くの人の趣味は、なんといってもマリンレジャー。なかでも釣りは一番人気だろう。寺島のボートとは守備範囲はかなりちがいそうだが、この別荘の元主人の趣味もおそらく釣り、ボートフィッシングだったようだ。

ボートは長いあいだ使われていなかったのか、かなり汚れている。船外機を取りつける後ろの木製プレートは、腐食が進んでしまっていた。

夕方、シャワーを浴びたあと、草刈りを終えたことを植草に報告した。植草は仕事中だったのか、用件だけ聞くと礼も言わずに通話を切った。やはり、草刈りをする時間も余裕もなさそうだ。ともかく、これで管理費の返却の心配はなくなった。

外はまだ雨が降り続いている。

19

「それにしても今年はよく降りやがるなあ」

夕方近く、中瀬がふらりと庭に現れた。うらめしそうに野球帽のツバを持ち上げ、空を一瞥し、こうもり傘を閉じた。

「そうですね。まあ、野菜に水をやらなくていいから助かりますけど」

「そういえば畑、にぎやかになってるじゃない」

「カボチャのつるがどんどんのびて、花は咲くんですけど、いっこうに実がつかないんですよ」

「ふーん」

野球帽を脱いだ中瀬は縁側から勝手に上がり、雑貨屋に改装した六畳間のほうを覗いた。

「店、まだやってるの？」

「ええ、とりあえず開けてます。姉ちゃんがやってたときのままなんですけどね」

「お客は来るの？」

中瀬の言葉に、文哉は黙って苦笑する。

「棚、ずいぶん空いちゃってるね」

「売るものがないんですよ」

「凪子ちゃんの流木は？」

「今、品切れ中です」

「あんだこれ、ただの茶碗の欠片じゃないの？」

中瀬が呆れたような声を漏らす。

「それは新作のブローチです。うしろに留め金が付いてるでしょ。聞いた話では、江戸時代の伊万里焼らしいです。だとしたら骨董品ですからね。おもしろいと思うんですけどね」

「ふーん」

中瀬は鼻を鳴らす。

文哉はいつものようにお茶の準備をはじめた。

中瀬は六畳一間に棚を設えた店をぐるりとまわり、文哉のいる隣の居間へやって来て、卓袱台の前に座った。

「じつはさ、相談があってね」

冴えない表情で中瀬が切り出した。めずらしく今日は手ぶらだ。

網戸の外、庇から落ちる雨だれの音を聞きながら、元町内会長の話に耳を傾けた。いつになく、中瀬の表情がゆるまない。

聞いたあと、どうしたものかと文哉は黙りこんだ。相談事とは、中瀬の親戚の長男が、ここを出て東京へ行くと言い出したらしく、なんとかそれを止めてほしいというのだ。

——なぜおれが？

と思っていると、

「文哉君は、東京からこっちに来たわけだ。向こうの生活の厳しさを、彰男のやつに教えてやってほしいんだよ。そんなに甘いもんじゃないってことを。年寄りから言われるより、若いもん同士のほうが話を聞くと思うんだ。こっちもあいつの言ってること、よくわからんし」

「高校生とかですか、彰男さんって？」

「いや、もう三十は過ぎてる」

「え、おれより年上じゃないですか」

「いやあ、苦労知らずのひとりっ子よ」

「今、なにをやってるんですか？」

「家業を手伝っているんだが、どうにも使いモンにならんらしい。それで親父が強く言ったら、反発して、だったら家を出て、東京へ行くと言い出したそうだ」

中瀬の下唇が前にせり出してから開く。「要するに、地に足がついてないのよ」

実家はビワ農家で、ビワ山をひとつ持っている。跡取りである彰男は、高校を卒業後、農業大学を二浪して目指したものの受験に失敗、その後、引きこもり気味になったという。

「僕には無理じゃないですかね」

文哉は正直に言った。

「おれらがなんぼ言っても説得力ねえんだよ。東京で暮らしたことねえから」

「だったら、東京で勤めて、こっちにもどってきたカズさんが適任じゃないですか?」

「ああ、あいつにはもう頼んだ」

中瀬が首をかくっと前に折る。

「え、それで?」

「あの男はやぶ蛇さ。金をとったくせに、最後には彰男になんて言ったと思う?」

「さあー?」

文哉は首をかしげる。

「好きにしろ、だと」

中瀬は顔をしかめたが、文哉は噴き出しそうになった。たしかに和海なら言いそうなせりふだ。

「カズはカズで風来坊だからなあ。それで彰男も調子づいちまった。好きなことをやらせてもらうってな」

中瀬は腕を組み、首を横に振る。

便利屋稼業の和海は、説得工作をどうやら仕事として請け負ったらしい。成功報酬は別に請求するやり方だ。巧く運ばず、最後に本音を漏らしたのだろう。

「会うだけでも、会ってくれんかなあ」

いつも世話になっている中瀬に、薄くなった頭頂部を見せられ、断るわけにはいかなくなった。もちろん、報酬を求めることなど考えなかった。

20

山野井（やまのい）彰男と会った日も雨が降っていた。

待ち合わせ場所は、豊浦駅近くの喫茶店。もちろんスタバなどのチェーン店などではなく、老夫婦が営む、昭和感漂う山小屋のような「純喫茶　憩い」。店の前には、根詰まりを起こしていそうな大きなアロエの鉢が置いてある。先日訪れた近藤不動産と同じ通り沿いだ。

文哉は、中瀬や彰男の家族の同伴を断り、二人で会うことにした。和海にも相談をしなかった。あくまで会うだけ会ってみる、というスタンスを守りたかった。

痩せて猫背の彰男は、身長百六十センチくらい。見るからに線が細く、農家のわりには、色が白い。髪は短く、おそらく床屋で「いつもと同じで」と頼んでいる口だ。目鼻立ちはそれなりに整っているが、どれも小ぶりにできていて、顔も小さい。文哉の差し出した名刺を受け取ると、ろくに見もせずポケットにしまった。

「——名刺なんてないんで」

メガネの奥の細い目は、目を合わせようとしない。さっさと帰りたいのだろう。テーブルのグラスの水が、貧乏揺すりでかすかに揺れている。

「名刺といっても、僕のは自作ですから」

文哉がそう笑いかけると、ああ、そうなんだ、とやや安心した顔を見せた。

文哉は簡単な自己紹介をしたあと、大学卒業後に入社した東京の会社を一ヶ月でやめた失敗談から入った。その上で、彰男がなぜ東京で暮らそうと思っているのか尋ねてみた。

しかし彰男は自分のことを語ろうとはしない。おそらく余計なお世話くらいに思っているのだろう。

では、なぜここへ来たのか。

「バイトみたいなもんですよ」

彰男は小さな声で言った。「ここへ来て相手の話を聞けば、金をくれるとお袋に言われたから」

三十過ぎた男がわるびれずに言う。

なるほどと思うと同時に、父親からは厳しく、母親には甘やかされて育ったのであろう家庭環境を垣間見た気がした。

その後の会話の糸口がつかめず、ひさしぶりに飲む本物のコーヒーを味わいながら、文哉はしばらく黙っていた。以前の文哉であれば、その手の沈黙は苦手で、なんとかこの場を繕おうと自分から口を開いたにちがいない。そして多くの場合、墓穴を掘ってきた。

長い沈黙にじれたのは、彰男のほうだった。「四時には帰りますから」と断りを入れてきた。

あと三十分もない。

「さっきの話ですけど、ゴールデンウィーク明けに会社をやめたというのは、あくまであなたの個人的な体験に過ぎないですよね。それを僕に語ったところで、意味がない気がします」

彰男はため息をつき、アイスティーをストローで音を立てないように慎重に吸いこんだ。

「たしかにそうですよね。僕もそう思います」

「じゃあ、やっぱり君も頼まれたから？　お金のため？」

「それって、カズさんのことですか？」

「あの人、知ってるんだ」

「ええ。カズさんの事情はよくわかりませんが、中瀬さんに頼まれたのは事実です。仕事としてではありません」

「ああ、親戚の祐二(ゆうじ)さんのことね」

文哉はうなずき、続けた。「最初は断ったんです。僕には無理だって。でも中瀬さんには、こっちへ来てからいろいろと世話になってるもので」

「うっとうしいでしょ、そういうのが」

「そういうのって？」

「干渉されることですよ。あいつはどうした、一人前になったか、嫁はもらったか、しょっちゅう言われる。お節介を焼かれる。正直、うんざりしてます」

田舎という狭い社会では、たしかにそういう面があるのだろう。親切とお節介は紙一重だ。

今、彰男がやっているというビワ農家の仕事について尋ねたところ、父親のやり方に不満があることは明らかだ。あれをやれ、これをやれ、余計なことはするなと言われ、反発している様子がうかがえた。世襲である漁業や農業は、どうしても先祖伝来のやり方に縛られるのかもしれない。

「環境のことを考えれば、今時、石油を焚いて季節外れのビワを育てる促成栽培なんて時代遅れですよ。高く売れるからといったって、高い金を使うわけです。多くの農家は稼げていない。ご存じですか、農家は平均年齢がとても高いし、自殺率も高い。農家は減っている。それは今後も続くでしょう。それなのに黙って従うだけなんて――」

彰男は目をつり上げた。「おれは弟子じゃないっての。自分のやり方で稼ぎたいんだ。毎日顔を合わせてると、息が詰まるんだよね」

「わかるような気がします」

文哉が言うと、「へっ」と彰男は息を漏らした。

「あんたに、農家の長男に生まれた辛さがわかるかな？」

「いえ、それはわかりませんが、親との関係についてはわかる気がします。僕も以前そうでしたから。それで家を出ました」

「でしょ？　おれは、親父から金をもらうような生活から抜け出したいんだよ」

「じゃあ、彰男さんは自立したいわけですね」

「そう、だからおれも家を出るしかないでしょ」

「そうですかね？」

「じゃあ、あんたはどうやって親から自立したの？」

「僕の場合は、去年父が亡くなったんです」

文哉はわざとさらりと口にした。

「――そうだったの。それは失礼」

彰男のほうが動揺した様子で、目を泳がせ、うつむいた。

「いえ、事実ですから。子供の頃に両親は離婚しています。母親が家を出て、父子家庭でした。親孝行もできず、父は逝きましたが、正直父が死んだせいで自由になれた気もします。おかしな言い方かもしれないけど、そうなんです」

「ちょっと気になったんだけど」

彰男は上目遣いになる。「こっちで、どうやって暮らしてるの？」

「名刺にあるとおり、別荘の管理人をやってます。でも正直、それだけでは食っていけません。その日暮らしみたいなものです。その日に食べるものを探すこともあります。でもそれが今は楽しくもあります。だからこんな僕が、彰男さんに偉そうなことは言えないし、言うつもりもありません。僕自身、目標は、自立ですから。なにより、父親がこの地に、家を遺してくれたことが大きかったと思います」

「家ってどこらへんにあるの？」

「旧港へ向かう遊歩道がありますよね。あの少し手前の丘のいちばん上です。庭から海が見えます」

「そうなんだ」

「そこで別荘の管理、ときどきカズさんの手伝い、売れない雑貨屋をやってます」

彰男はものめずらしそうに文哉を見て、文哉の暮らしについていくつか質問した。文哉はなるべく正直に答えた。

すでに四時半をまわっていた。

彰男は小さくため息をつくと、ぼそりと言った。

「あんたも和海さんと一緒だね」

「なにがですか？」

「なんていうか、自分で生きてる感じがするよ」

21

午後、縁側でいつものように腕立て伏せをはじめる。サーフィンでは、サーフボードに立っている時間よりも、ボードに腹ばいになって移動する時間のほうがまちがいなく長い。その際、腕を使ってボードを漕ぐ動作、パドリングに必要な筋肉を落とさないようにしなければならない。

次に足腰の筋肉を鍛えるスクワットに移ろうとしたとき、家の前に軽トラックが停まった。だれかと思えば、六十過ぎくらいの女性で、彰男の母、山野井信子と名乗った。

理由はよくわからないが、文哉が先日喫茶店で会った彰男が、東京行きをいったん延期すると言い出したそうだ。

手土産に今収穫を迎えているビワと、今朝産んだというニワトリの卵を持参してくれた。

「あんたはここで、ひとりで暮らしてるのかい?」

エプロンにモンペ姿の信子が、息子によく似た細い目で言った。「彰男が感心してましたよ。若いのに自立してるって」

「いえいえ、まだまだそんな」

文哉は恐縮した。

「これは?」

「干物をつくってます。いただきもののカマスなんですけど」

「そういうことも自分でやるんだね」

「ええ、まあ」

「わけぇのに、たいしたもんだ」

「彰男さんによろしくお伝えください。よかったら、ここに遊びに来てくださいって」

文哉がなにげなく放った言葉に、信子が涙ぐんだので、少しあわてた。

「ありがとなあ。あの子はね、親とはほとんど口もきかないからね。話し相手がいないんですよ。今後とも、どうぞよろしくお願いします」

深々と頭を下げた。

その日の昼食は、卵かけご飯にした。炊きたてのご飯にかけた卵はぷっくりとした黄みの味が濃く、これまで食べた卵かけご飯のなかでいちばんおいしく感じた。

22

朝七時、携帯電話が鳴った。すでに起きて、雨の降っている庭の様子を見ていた。このところ雨続きで、畑の畝の雑草がかなりのびてしまっている。

「急な話で申し訳ないけど、今から動けるか?」

電話の相手は和海だった。

「ええ、だいじょうぶですけど」

「おれは、年寄りからの頼まれ仕事が入ってるもんで、行けないんだわ」

「どんな仕事ですか?」

「あれだ、ビワの収穫」

「へえー、おもしろそうですね」

「中瀬さんとこのいとこのビワ山なんだけど、場所わかるか?」

「それって、もしかして彰男さんの?」

「ああ、あのアホ息子のとこよ。親父さんが今朝、ぎっくり腰になっちまったそうだ。まともには動けないらしい」

「え、マジですか? こないだ、お母さんがビワと卵を届けてくれたのに」

文哉が事情を話したところ、「おまえも頼まれたのか」と笑われた。

「で、彰男さんは?」

「知らねえ。とにかく、今収穫の盛りで、人が足りないらしい。おれは何度か手伝ったことあるんだが、山の斜面でのはしごを使った作業もあっから、くれぐれも気をつけてな。とくに今日は雨だから。日当八千円で話つけてある。できれば何日か頼みたいらしい」

和海から山野井農園のビワ山の位置を聞いた。途中の山道は、道が狭くなるため、軽自動車でなければ通れないとのことで、自転車と徒歩で向かうことにした。

午前八時過ぎ、雨のそぼ降るなか山野井農園に到着。すぐに信子が出てきて、家の裏手にあるビワ山へ案内された。

「わるいわねえ、雨の日に」

ビワ山に入るのは初めてだった。やり方を教えてもらい、さっそく木の近くにはしごを立て、上まで登っていく。永井さんの庭をはじめ、契約者の庭の手入れをする機会があるため、こういう作業には慣れているつもりだ。

ビワの実には袋がかかっているので見つけやすいはずだが、借りた雨合羽のフードで視界が制限され、思うようにいかない。それに足もとが雨で滑る。かなり危険な作業になりそうだ。

ほかにも数人がはしごを使って作業していたが、そのなかに彰男の姿は見当たらなかった。

おにぎりに漬物だけの昼食をいただいたあと、午後からは、若いのだからと、高い木の上に生(な)っている実を採る役を仰せつかった。はしごから木に移って登っていくのだが、はしご以上に木の枝は滑る。

「無理するな、危ねえぞ」

下から聞き覚えのある声がする。

見れば彰男ではないか。

どうやら彰男は別のことをやっているようだ。歩き出し、離れの小屋へ入っていった。

「あの人はね、ひとり息子のくせにビワの収穫も手伝わないで、おかしなことはじめたのよ」

「おかしなことって?」

「ビワを使って、なんだかいろいろ……」

近所の手伝いらしい年配の女性が声をひそめた。

23

山野井農園でのビワの収穫作業には、五日間通った。四万円の臨時収入は大きい。なおかつ、毎日もぎたてのビワをもらって帰った。キズものではあるが、味はなんら変わらない。瑞々しく、野生の甘みを感じる。

最終日、山野井農園のビワ販売チラシを受け取った。墨一色のチラシは信子がつくったのか、手書きのコピーらしかった。割引もしてくれるという。宣伝してほしいのか、十枚ほど渡された。

帰り際に彰男が出入りしていた小屋を覗くと、天井近くに何本も配置された竿から、なにやらたくさんの布のようなものがぶら下がっている。彰男は不在だった。

後日、それが彰男の工房であり、草木染め、とくにビワの葉染めに彰男が取り組んでいることを知った。

信子からもらったチラシは、寺島をはじめ別荘の管理契約者宛に送ってみたところ、思わぬ反響があった。一箱四千円もする4Lサイズの贈答用ビワを永井さんが八箱、寺島が五箱、梅本さんが三箱、東さんと独身の稲垣さんまで一箱注文してきたのだ。

以前、寺島が言っていた言葉を思い出した。

「いいかい、金はあるところからしかとれない。気持ちよくとってやる、これが賢い商売の妙ってもんさ。別荘を持つ富裕層なんかは、安いより、むしろ高いほうが安心する。見栄もあるしな」。なるほど、お金というのは、あるところにはあるようだ。

その注文を信子に伝えると、とても喜んでくれた。あらためて文哉にお礼をしたいというので、恐縮してしまった。

後日、彰男が軽トラックでやって来た。

「これ」とぶっきらぼうに差し出したのは、少々食べ飽きてきたビワ、ニワトリの卵。そして、折りたたまれたTシャツ。

「ビワを売ってくれたんだってね。お袋から聞いた。そのお礼」

淡いオレンジ色のTシャツは、ひろげると、グラデーションが入っている。ビワの葉で染めたものだという。

「へえー、いい色が出るもんですね」

「そう言ってもらえると、うれしいけど」

彰男は照れくさそうによそ見をする。

「これって、どこかで販売してるんですか？」

「いや、まだ試作中だからね」

「もったいない」

「それに、売り方なんてよくわからんし」

「だったら、うちに置かせてくださいよ」

「雑貨屋って、ここなの？」

彰男が興味を持ったようなので、店の六畳間へ案内した。

幸い、瓜子の作品が入荷したばかりだ。彰男はやけに真剣なまなざしで、設えた棚に視線を配っている。手に取ったのは、瓜子が手がけたランプシェード。色ちがいのシーグラスを組み合わせて貼りこんだ、一点ものだ。

「これは？」

「へえー」

思わずといった感じで、彰男が声を漏らす。

壁に広げて貼った布に刺してあるのは、文哉が渡した磁器片でつくったブローチと同じタイプのアクセサリー。文哉が磁器片をもらった砂浜の場所を教えたところ、凪子はひとりで拾いにいったらしく、全部で六つある。

「これは？」

「いいでしょ。坂田さんのところの凪子ちゃんの手作りです」

「凪子って、和海さんの姪っ子だよね」

文哉はうなずき、指さした。「そっちにある、メッセージボード付きの流木のオブジェもそうですよ」

「これ、値段書いてないけど？」

「わざとです」

文哉は笑った。「安くは売りたくないんで」

「へえー、いいなあ」

なにがいいのかはわからなかったが、そのときたしかに彰男の頬がゆるむのを見た。

「彰男さんも売りたいものがあれば、持ってきてください」

文哉は冗談半分で言ってみた。

「もし売れたら、どうなるわけ？」

「そうですね、店が二十パーセントもらおうかな」

「二十パーでいいの？」

「ええ。その代わり委託ですからね。売れなければ返品です」と文哉は答えた。

24

翌日、雨が上がった。

庭には咲いたカボチャの花がすでに萎(しお)れている。畑にのびてしまった雑草をしっかり根から抜き、両手で抱えて裏山に捨てにいく。ミニトマトをいくつか収穫した。

定例の別荘の見回りから帰ると、家の前に軽トラックが停まっていた。荷台に「山野井農園」とペイントされている。どこか居心地わるそうに、縁側に彰男が座っていた。隣には段ボール箱がある。

「試しに持ってきた」

彰男はおずおずと段ボール箱からきちんと畳まれたTシャツを取り出した。

昨日の今日なので、文哉は笑いをこらえ、Tシャツを手にした。

「おおー、いい色。でも一枚一枚、微妙に色合いがちがうんですね」

「それからこれは、お袋が」

段ボールの底から取り出したのはガラスの小瓶で、中になにかが詰めてある。

「ビワのジャム」

「へえー、ビワもジャムになるんだ」

合計六個あるが、どれもただ瓶に詰めただけで、ラベルもない。

「一個は、あげるってさ。味見してみて」

「それはありがたい」

「ところでさ、ここって客は来るの？」

おそらく彰男が待っているあいだ、だれも来なかったのだろう。不安そうな顔を覗かせた。

「今の時季は、人はいませんけど、梅雨が明けたら、別荘の人たちが来るはずです」

「そうなんだ」

彰男が縁側に座り直そうとする。

「コーヒーでも淹れますから、上がってください。インスタントですけど」

文哉が声をかけた。

「帰る」と言い出すかと思ったが、彰男はのそのそとスニーカーを脱いだ。

「この近くには、僕が調べたところでは、別荘が集中してあります。おそらく高台でロケーションがいいからでしょうね」

文哉は卓袱台にコーヒーカップを運び、彰男と向かい合った。「そのうち、十軒、いや今は九軒を僕が管理してます。大半は高齢者です。ただ、高齢者といっても、別荘を持ち、管理を委託するくらいですから、経済的には余裕がある方たちです。先日、ビワのチラシを送った際も、すぐにたくさんの注文をいただきました。彼らのお眼鏡に適(かな)えば、買ってもらえる可能性は大きくなるはずです」

「そうか、金持ちのじいさんばあさんか……」

彰男は小さくうなずいた。

「そうなんです。だから、まずはそういう人たち向けのものが、いいかもしれませんね」

「こういうTシャツとかじゃなくて？」

「まあ、それはそれで試してみれば……。でもなんでまた、彰男さんはビワの葉染めをはじめたんですか？」

「うちはさ、親父が頑固もんだから、ほかの農園のように、いろいろやってこなかったのよ。余計なことをしないって。今の果樹園は果樹の栽培だけじゃなく、フルーツ狩りやら、加工品の生産や販売、それこそビワ農家なら、ビワ狩り、ビワジャム、ビワの葉茶とかさ、やってるわけよ。今になってようやく、おれやお袋が親父の目を盗んではじめたわけだけど、いちいちうるせえし、そのせいでかなり遅れてるわけ」

「──なるほど」

　文哉はうなずいた。

「親父は義理と人情の人だからね。しがらみに、がんじがらめなのさ。今までのやり方を守るって言うけど、固執してるだけ。でも、それじゃあ苦しくなるのは目に見えてる。そんな農家に、嫁なんて来たがるわけがない。それなのに、早く嫁をもらえとかしつこく言われるし……」

　彰男は目をしばたたかせた。「いいよね、君みたいに、自由にやれると」

　文哉は口元をわざとゆるめ、「まあでも、僕はひとりだし、それこそこの家しかありませんから」

「店もあるじゃない」

「まあ、そうですけど」

「ところで、この店の名前は?」

「ああ、それがまだ決まってないんです。じつはこの店、リニューアルオープンしようかと思って。去年の秋にオープンして、姉がやってたんですが、事情があって、ここを離れたもので」

「そうなんだ」

彰男は腕を組み、「やっぱり店は、集客だよね」とつぶやいた。

「坂のいちばん上なんでね。それだけでも、かなりマイナスというか」

「でもさ、途中に、看板すら出してないよね」

「まあ、たしかに……」

正直、文哉は、宏美がほったらかしにした店について、あまり深く考えてはいなかった。しかし凪子や彰男のいわば作品を預かる以上、もっと力を入れるべきだとも思った。文哉がお金を稼ぐ方法は限られているわけだし……。

たしかに、彰男が言うように、まだできることがあるはずだ。

文哉には、海が見えるこの家しかない。

あるものを最大限生かして、生き延びよう。あらためて、そう思った。

25

翌日、再び雨。

早く梅雨が明けてくれと空をにらんだが、文哉ははっと我に返った。

去年のことを思えば、これから迎える本格的な夏は、別荘の人たちが一斉に訪れるハイシーズンだ。言うなれば、文哉にとって、年に一度のかき入れ時といっていい。

その準備をしっかりするべきときは、今だ。

契約者とは、月五千円、年間六万円で基本サービスの契約を結んでいる。しかしそれだけが別荘管理の収入であるなら、仕事としてはなんとも心許ない。文哉としては、芳雄から引き継いだ仕事をさらに拡げたかった。つまりはオプションの契約やサービスの利用を増やしたい。

では、オプションの契約やサービスにどんなものが考えられるのか。まずはネット上に掲載されている別荘管理会社のサイトをいくつか閲覧した。それらは軽井沢や伊豆、草津といった日本の代表的な別荘地にある会社であり、かなり参考になった。

――なるほど。

さすがはその手のプロ、会社組織だと感心した。

さまざまなサービスの案内がわかりやすく提示されている。

「名刺の次は、こういうウエブサイトかな」

文哉はつぶやいた。

しかし今の文哉には、それを実現、運営するのはむずかしそうだ。個人でサイトをなんとかつくったところで、下手なものを開示してしまえば、それこそ墓穴を掘ることにもなりかねない。

それよりもまずは、別荘管理を委託されている現在の契約者について、もう一度きちんと把握することが先決のような気がしてきた。話す機会の多い、寺島や永井さんのことはある程度知っているが、ほかの人については多くを知らない。名前や住所や電話番号といった基本情報だけでなく、年齢や出身地、性格、趣味や嗜好、健康状態などがわかれば、今後のオプションサービスの提案に生かせるはずだ。

とはいえ、それらの情報はなかなか得がたくもある。アンケート調査などができればとも思うが……。

——そうだ。

文哉は思いつき、すぐに携帯電話を手にした。タップしたのは、先日帰った寺島の番号。短い挨拶のあと、さっそく本題に入る。

「テラさんは、今度いつ頃こちらに来ますか?」

文哉の問いかけに、「こないだ帰ってきたばかりだからね」と笑われた。「まあ、梅雨が明けてからと思ってるけど、どうかしたの?」

「じつは、相談したいことがありまして」

文哉が思いついた件を口にすると、「そりゃあ、いいとこに気づいたな」と寺島は答えた。「さすがは、芳雄さんの息子だ」

電話で寺島にアドバイスされたのは、ウエブサイトなんてつくる必要は、今はない、ということ。

「だってそんなことに金や時間をかけて、だれが見るのよ。若い世代なら見るだろうけど、正直私なら見ないね。ホームページなら、それこそ金や時間があればだれだってつくれる。それだけじゃ信用なんてできやしない。これだけ詐欺やいかがわしい商売が横行してる時代なんだよ。この国には恥知らずがとても増えたってことだけど、それが現実だ。別荘っていうのはね、財産なんだよ。その守るべき財産を、ネットで探した相手に軽々しく任せられると思うかい？」

「たしかに、そうですね」

「ちゃんと顔が見えないと」

寺島の言葉は熱を帯びてくる。「やっぱり、案内をするなら、紙だよ」

「紙、ですか？」

「そう、まずは手紙だな。それから、チラシだね。電話をかけたって、このご時世、とくに年寄りは取らないから」

「なるほど」

「こないだ送ってくれたビワのチラシ。あれって印刷じゃなくて、手書きのコピーだったでしょ。ああいうほうがかえって安心するかもね」

まさに貴重な意見だ。

文哉は、ひとりでも多くの管理契約者に、夏にはここへ来てほしいという思いを寺島に伝えた。

「そうだよなあ、海辺の別荘で、夏に使わないなら、なんのために買ったんだって話にもなるよな」

掠(かす)れた笑い声が漏れる。

「ああ、そうだ」

思い出したように寺島が続けた。「そういえば、芳雄さんの一周忌やってないんじゃない。あれをまたやったらどうかな?」

「あれ、というのは?」

「ほら、芳雄さんを偲ぶ会のときのように、人を集めてバーベキューパーティーをやるんだよ」

「親睦会のようなものとしてですかね?」

「そうそう、地元の人も呼んでさ」

「それはいいアイデアかもしれません」

「だろ? 十世帯集合しちゃうんじゃない」

寺島の笑い声が聞こえた。

「いえ、契約されてるのは、今は九軒なんです」

文哉は答え、六月末で契約を解除された植草邸の件について話した。

「ああそう、あの方、亡くなったんだ」

「お付き合い、ありましたか？」

「いや、息子がいるのも知らなかったよ。というか、あちらが私を避けてたかもしれないな。亡くなった人をわるく言うつもりはないけど、人生の楽しみ方がちがうような気がしたからね。彼は別荘の人間とも、地元の人ともまったく交流はなかったんじゃないかな」

「そういう方だったんですか」

「ほら、毎年春に町内会費を一年分払うじゃない。あの人は払わなくてさ。自分はここに住んでるわけじゃないし、法的な義務はないとか言われたって、中瀬さんがぼやいてたよ。ここは、町内会費と消防費をセットにして集金してる。じゃあ、別荘で火事が起きたらどうすんだって。地元の消防団は出動しなくていいのかってさ。でも延焼したら困るから、行かないわけにもいかないだろって」

「ほかの人は、みんな納めてるんですかね？」

「一人ひとり聞いたことないけど、地元の人とうまくやりたい、そう考えてる人は、払ってるんじゃないの」

　寺島は答えてから声色が変わった。「ああ、そういえば植草さんとは、こんなことがあったよ。海に出た日の帰りに、あの人のボートを港の近くの海で見かけたんだ。

狭いボートの上で立ち上がっていたもんだから危なっかしくてさ。声をかけると、アンカーを根がかりさせて抜けなくなったらしいんだな。船外機付きのボートだったから、同じ方向からじゃなく、反対の方向からも引いてみるようアドバイスしたら、それはもう試したって言われてね。もう一時間近く格闘してるって言うわけさ。それで私は、日没が近づいていたから、ナイフは持っているかと尋ねた。ロープを切るためのね。最終手段としては、そういう選択も必要になる。その場合、ほかの船に迷惑をかけないよう、ロープをなるべく短くして切るように言ったわけさ。そしたら彼は、もういい、と言うように、手を振って合図を送ってきた。心配だったが、私は港に向かった。海にひとりで出るなら、リスクは自分で負わなければならないからね。しばらくして、彼は帰ってきたよ。港にいた私の前は素通りしたから、あのあとどうしたのかは知らないけどね」

「挨拶もしないんですか？」

「たぶん、私には気づかなかったんだろ」

寺島は皮肉っぽく笑ってから続けた。「別荘を持つような金持ちにも二種類いるのさ。人生を楽しんでいる金持ちと、そうではない金持ちがね。それは、お金の使い方を知っているか、知らないかによるところが大きい。思うに、金持ちは目指せばなれるが、幸せになれるとは限らない。七十年生きてきて、しみじみそう思うよ」

「そうですか、そんなことが……」

寺島の言葉を聞いて、金持ちではない人にも二種類いるように感じた。

文哉は、自分は人生を楽しめる側にいようと思った。

「ご冥福をお祈りするよ」

寺島の小さなため息が聞こえた。

そのあと、寺島の話せる範囲で、別荘の管理契約者について教えてもらった。

26

別荘の管理契約者九名に「夏の親睦バーベキューパーティー」の招待状を送付したのは、七月中旬のこと。別荘所有者の代表として寺島に、地元の代表として中瀬に了解を得て幹事の名前を借りた。

同封した手紙では、新たなオプションサービスについて案内した。

別荘を所有している人がとくに苦労していることをネットで検索したところ、多くの人が滞在初日を挙げていた。

「到着したら、窓を開けて換気、庭の草むしり、すべての部屋の掃除。くつろげるのは夕方、もしくは明日になる」「一泊二日で別荘へ。部屋の掃除と庭の草刈りに行ったようなもの。ああ疲れた……」「到着後、部屋を確認したら押し入れにカビ、洗面所には大きなクモの抜け殻、浴槽には子ネズミの死体。すぐに帰りたくなった」「到着して水道を使ったら、赤い水が出てくる。しばらく出しっぱなしにする。いつものことだけど」

こんな具合だ。せっかくの別荘滞在、その初日における嘆きの数々。

そこで文哉が思いついたのが、滞在予定日を事前に連絡してもらい、庭の整備や屋内の清掃を到着前にすませておくサービスだ。

名付けて「到着らくらくパック！」

到着予定前の換気。

庭の整備（樹木の剪定を除く）。

屋内のクリーニング。

水道の錆（さび）抜き（水道を数分間最大開放して、錆を管内から排出させます）。

パック料金は、六千円と書いたが、思い直し、八千円にアップした。あくまでオプションサービスであり、強気に出た。

また、その他になにか要望があればお知らせください、と添えた。

さらに雑貨屋のリニューアルオープンについても触れ、ビワジャムやビワの葉染めのTシャツなどの新商品の扱いについても紹介した。いちいち説明するのが面倒くさいので、家を出た宏美については、放浪の旅に出かけました、と面白おかしく書いておいた。

「南房総での夏、みなさまのお越しを心からお待ちしております」

メッセージについては、すべて手書きにした。

数日後、管理契約者から連絡が入りはじめた。寺島、永井さん、梅本夫妻、東さん、稲垣さん……。

ありがたいことに、「到着らくらくパック！」の申し込みが五件もあった。

東京で働く稲垣さんからはメールが届いた。

〝八月九日から滞在予定です。友だち二人も連れて行くので、「到着らくらくパック！」とても助かります。また、オススメの観光スポットなどあればぜひ紹介してください。よろしくお願いします〟

――よしっ！

文哉はちいさくガッツポーズをとった。

27

午後三時過ぎ、中瀬がやって来た。

またもや、野菜を持ってきてくれた。

「こんなにもらっていいんですか？」

「幸吉さんが今朝うちに来たもんでさ。あの年になっても畑を続けてっけど、自分が食う分はわずかだから、余ってしかたがないんだろ」

「ありがたく頂戴します」

「まあ、あれだ、なにかあったら助けてやってくれよ」

「はい。もしよかったら、中瀬さんに幹事をお願いしてる親睦バーベキューパーティーに、幸吉さんも参加してもらえませんかね」

「いやあー、そいつはどうかなあ。彰男のやつは来るかもしれねえよ。でも、あのじいさんは……」

中瀬が煙たそうに顔の前で右手を振る。

「懇親会では、なるべく地元のものを提供できればと思ってるんですよね」

「だったら、秀次（ひでじ）のとこに頼んでやるよ」

「秀次さん？」

「ほら、潜水漁師の。イセエビやアワビ、サザエなんかは浜値で用意してくれっから」

「それはありがたいですね」

「で、予算は？　というか、会費はどうなってるのよ？」

「地元の方は、招待する方向で」

「なにそれ、そこはちゃんとしたほうがいいんでないか？」

「であれば、なにか料理でも持ち寄りとかで」

「ほんとにいいのかい？」

「別荘の方たちからも、会費はとるつもりはありません」

「いやあー、それじゃあ、大損くらうべ。なんのためにやんの？」

「親睦会ですから」

「とはいってもなあ」

中瀬は野球帽のツバを持ち、上下させて額を掻く。「じゃあ、ご祝儀をもらうってことかな」

「まあ、いただけるのなら」

文哉は笑うしかなかった。

「わかった。そこはテラさんとも相談するわ。鮮魚は、ボート持ちのあの人担当だな。任せれば、張り切るだろうし」

「そうですね、そうしてもらえたら」

文哉はいつものようにお茶の準備をするために台所に向かった。

「なあ、文哉君？」

「はい？」

「おれ、あったけえコーヒーが飲みてえな」

「コーヒーですか？　インスタントでよければ」

「いや、ほんとのコーヒーをここで飲みたい」

「えっ？」

文哉はぎょっとした。

「それに、ほら、ちょっとしたおやつなんかも、たまにはさ」

ずいぶん厚かましいことを言う。

「いやいや、今じゃないよ」

「どういうことですか？」

「ほら、このあたり喫茶店とかないから、ここでやったらどう？」

「え？」

「わざわざ駅前まで出てらんないでしょ。ここへ来て、おれも毎回ただでお茶飲むの、気が引けるもん」

——そうだったんだ。

文哉はほっとし、思わず「いいかもしれませんね、やりましょう」と答えてしまった。

最近のコンビニではイートインコーナーがある。雑貨屋の隣に、一服できる場所があってもおかしくない。

もちろん、人が来てくれればの話だが——。

28

翌日、別荘の見回りをしたあと、いただいた野菜のお礼を兼ね、海岸沿いの道路の手前にある幸吉の畑を訪ねた。

が、姿が見えない。

少し待ってみることにして、畑の様子をうかがった。あいかわらず、雑草だらけの畑だ。背の高い草は生えていないが、ほぼ、土が見えない。そのくせ、なぜかそこかしこで花が咲いている。オレンジ色のマリーゴールドだ。おかしな畑だ。

だが、昨日もらった野菜、トマト、キュウリ、ナスはどれも瑞々しく、香りが強く、そして味が濃かった。

それに比べて文哉のつくった野菜はといえば……。肥料を与え、水をやり、雑草もきちんと抜いているというのに。

「――どうだ、あんちゃんの畑は？」

背中で幸吉の声がした。

文哉はびくりと背筋をのばし振り向く。「すいません、勝手に入ってしまって。昨日いただいた野菜がとてもおいしかったもので、そのお礼に」

「ああ、気にすんな。どうせ、余ったもんさ」

穴の空いた麦わら帽子をかぶった幸吉が、なぜか今までになく柔和な表情を見せた。

「で、あんちゃんのほうはどうなんだ。自給自足とやらはできそうかい？」

「いえ、それがなかなか……」

文哉は自分の畑の実情を正直に話した。ミニトマトはできるものの、実割れも多く、それほど数がとれない。シシトウはかたちもわるく、小さい。キュウリの葉は、白いカビのようなものが浮いている。カボチャはつるをのばしているが、いっこうに実が生る気配がない。

「梅雨の前には水を撒いたし、肥料もやったんですけどね。雨続きになると、カボチャはつるや葉は伸びるんですが、肝心の実のほうが……」

文哉は腕を組み、首をかしげる。

畑を前に並んだ幸吉の背丈は、文哉の肩くらいしかなかった。

「おれの畑と、あんちゃんの畑、ちがいはなんだかわかるか？」

幸吉が問いかけた。

「見た目ですか？」

「なんでもいいさ」

「――言ってもいいんですか？」

「聞いてんだから、答えろや」

幸吉の細い声がひび割れる。

「まずですね」

文哉は思い切って口を開いた。「この畑には、敵がありません」

「ああ、たしかにな。あるようには見えんな」

「それに、雑草がかなり生えてます」

「かなりどころか、雑草だらけだ」

「つまり、正直なところ、僕には畑に見えないというか……」

文哉の小さくなった声に、幸吉は「ふっ」と息を漏らした。

「じゃあ、ここがなにに見えんだ?」

「そうですね、どちらかといえば、野原ですかね」

「そいつはいいや、ははははっ」

　幸吉が声に出して笑ったあと、真面目な口調になる。「だがな、そりゃあちがう。野原のように背の高いやつは生やしてないべ。けど、そう言われるのはわるくねえ」

「いえ、でもですね、この野原、ではなく幸吉さんの畑では、実際にあんなにおいしい野菜がとれるわけですからね。驚きというか、謎というか……」

　文哉は目の前にある、鈴なりに実を付けたミニトマトを見つめた。もはやそれは木と呼べる大きさにまで生長している。その地面もまた、十センチほどの高さまでの雑草に覆われている。根本には、刈り取られたとみられる枯れた草が敷かれている。

「あんちゃん、時間はあるか?」

「はい、時間ならあります」

　文哉は自嘲気味に笑い返した。

「――じゃあ、ちょっくら一緒に行ってみっか」

　幸吉が文哉を乗せて軽トラックで向かったのは、国道を挟んだ山側、車幅ぎりぎりの狭い山道に入り、十分とかからずに到着したのは、山野井農園近くのうらぶれた農家だった。今は人が住んでいないらしく、錆びたポストの受け口にはガムテープが貼られていた。

道路から敷地に軽トラックを入れると、幸吉はすぐに裏手にある山へ向かった。説明はなく、文哉は黙って前を歩く幸吉の小さな猫背について行く。平地から山の斜面へと差しかかったとき、振り返ると遠く青い空の下に海が見えた。空の色も海の色も、梅雨明けを思わせる鮮やかな色合いをしている。

このあたりは少し開けていて、大きな木は生えていない。自然に生えたと思われる雑木が見られ、地面は緑で覆われている。

「こういうとこを、野っ原と言うんだべ」

幸吉はつぶやき、奥へと分け入っていく。

文哉もあとに続いた。

「おい、あんちゃん、こいつはなんだ？」

幸吉が立ち止まり指さす。

「この葉のかたち、どこかで見たことありますね」

幸吉が黒く変色した爪でつまんだ葉をすりつぶすようにして、文哉の鼻先へ近づける。

「この香り、鍋に入れるやつですね」

「ああ、ミツバだ」

幸吉は五歩前へ進む。「じゃあ、こっちは?」

「あれー、これはなんだ?」

「葉を摘んでも、明日にはまた芽が出るってやつだ」

「アシタバですか。こんなふうに生えてるんですね。たくさんある」

「これならわかんだろ?」

「はい、刺身のツマに使われる、シソです」

「まあ、食い方はいろいろあらーな。ここいらでは、シソと海苔(のり)で天ぷらにしたり、〝なめろう〟にも使うわな。なにかを巻く料理にも便利だっぺ」

幸吉が額に深くしわを刻んだ顔を上げ、文哉を見た。「今見つけたのは、食べられるいわゆる野菜だ。どうだ、畑じゃなくても、ちゃんと育ってるだろ。じゃあ聞くが、ここにだれかが畝を立てたのか? 肥料をくべてるのか? わざわざ水をやりに来てんのか?」

「――いえ」

「菜というのはな、食べるために採られる草のことさ。野菜とは、葉や茎や根を食べる草のことを言う。つまりは、それがどこにあろうが、採ったものが菜であり、葉や茎や根を食べられるのが野菜っちゅーことだっぺ。畑でできるものだけが、野菜じゃねえのさ」

「――たしかに」

文哉は口に巻きこんだ下唇を噛んだ。

近くでシジュウカラのさえずりが聞こえた。

幸吉の言うことはもっともだ。文哉の足もとには、以前、幸吉からもらったスベリヒユも生えている。食べた文哉にとって、スベリヒユもまた野菜なのだ。

これまで文哉は、食材を得る場を主に海に求めていた。でも、ここには低いながら山があり、豊かな自然が残っている。もっとそっちにも目を向けるべきだと気づかされた。海の幸だけでなく、山の恵みにも。

「おれはここで長年ビワをやってきた。だが、子供たちが出て行き、母ちゃんが死んで、山の斜面でビワをひとりでやるには年を取り過ぎた。そいで山を下りた。あっちの畑のほうは、はじめて十年くらいになるかな」

「長いんですね」

「なーんも、たった十年さ。あそこでは、たった十回、野菜をつくっただけなのさ。多くの野菜は、年に一度、あるいは二度しか収穫できんからな。それまでこっちの畑は母ちゃんに任せてた。それから、今のやり方にたどり着いたってわけさ」

「でも畑というのは、まず耕しますよね？」

「耕さねえ」

「けど、雑草を抜きますよね」

「抜きやせん」

「肥料は？」

「やらん」

幸吉は張りのある声で言った。「もちろん、農薬も使わん」

「それが、あの畑ですか？」

「まあ、そういうこっちゃ。正直、一度につくれる野菜の量は減ったろう。それでも今は食い切れん」

「でも、どうしてそんなやり方に変えたんですか？」

文哉はそれが聞きたかった。

人とはちがうやり方をすれば、必ず白い目で見られる。実際、文哉はあの畑を見たとき違和感を覚え、落胆した。少なくとも、よい畑だとは思えなかった。今も内心疑っている。

幸吉はとがった喉仏を見せ、空を舞う一羽のトンビを見ながら答えた。

「それはな、後悔したからよ。死んだばあさんに、もっと楽をさせてやりたかった」

「えっ、楽をですか？」

「ああ、早とちりすんな。サボるのとはちがう。楽しく生きるってことさ」

文哉は思わず、唾を呑みこんだ。

それは、自分の考え方に通じるものだった。高齢で頑固な幸吉の口から、そんな言葉が飛び出してくるとは思いもしなかった。

「前に行ったとき、あんちゃんの畑には、いわゆる雑草は生えてなかった」

「はい、せっせと抜いてましたから」

「うちの畑も昔はそうしてたさ。母ちゃんは死ぬ前日まで、せっせと草を抜いてくれてたからな。近所の畑もそうだ。じゃが、そういうやり方だけでもねえらしい。話に聞いたのは、除草剤さ。目当ての野菜は枯らさない薬とやらを畑にまくんだとさ」

「そうなんですか？」

「雑草一本生えてない広い畑を見たことあんだろ？」

「ええ、あります」

「そうでもしなけりゃ、あんなに広い畑や田んぼにすべて草が生えなくなるわけがねえ。おれには気味が悪いがな。素人の家庭菜園をバカにするやつがいるが、金のために農業をやっている者のなかには、他人に食わせるものと、自分たち家族が食うものを別々に作ってる輩（やから）がいる。たくさん儲けようと欲をかき、そのためなら毒も盛るってわけさ。でもな、化学薬品に頼る農業は、結局高くつく。その分、またたくさんつくらねばならなくなるわけさ」

毒とは、農薬と文哉は理解した。

「とはいえ、これまでたくさんの殺生をおれもしてきた。人間の都合で同じ生き物を害虫と呼び、この手で潰し、この足で踏みつけてな。もうなるべくそういう真似はしたくねえ。少しばかり、やつらに分けてやってもかまわねえ。金をかけて、人よりたくさんつくろうとも思わない。一緒に生えてくる草はな、抜かずに切るだけだ。全部抜いたら、それこそ土のなかは空っぽになるべ。刈った葉や茎は夏には日除け、冬には霜よけに使えるし、やがては肥料になる。残した根も、土の栄養となり、作物にいい影響を与えるのよ」

幸吉は自分の唇の端に浮いた泡を右手で拭った。

耕しもせず、雑草も抜かず、肥料もやらず、農薬も使わず、それであんなにおいしい野菜がつくれる。しかもお金をかけず、楽に野菜がつくれる。だとすれば、それはとてつもない発明のような気がした。

文哉はこれまで、会社を辞め、南房総に移り住んだことに引け目を感じていた。美晴に言われたように、自分は田舎に逃げてきたに過ぎない。楽な道を選んだだけ、と言われてもしかたないと考えていた。だから今の生活をだれにも知らせなかった。むしろ隠していた。

だが、今の幸吉の話を聞いて、自分の未来に少しだけ光が差した気がした。人生を楽しもうとする姿勢は、まちがいじゃない。そのための考え方や知恵や工夫、そしてなにより自分を信じる勇気が必要なのだ。他人になんと言われようと。

　黙りこんだ幸吉に問いかけた。

「これから夏にかけて、幸吉さんの畑ではなにがとれますか？」

「エダマメ、オクラ、ゴーヤ、ピーマン、トウモロコシ、ズッキーニ、いろいろとあるべ」

「トマトやキュウリやナスも、まだとれますよね？」

「ああ、もちろんさ」

「それをぜひ、仕入れさせてくれませんか？」

「あん？」

「これまでいただいた野菜を口にして思ったんです。野菜そのものの味がする。味が濃いって」

　それは嘘でもお世辞でもない。幸吉の野菜には、野菜が本来持つのであろう、野生の味、深みのようなものをいつも感じた。つまりは、味が複雑であり、うまいのだ。

「なんでか、わかっか？」

「有機栽培だからですか？」

「いや、ちがう」

幸吉は首を横に振る。「化学肥料や農薬に頼らない点では同じかもしれん。ただ、堆肥や有機肥料を用いるのが、有機栽培だ。世間の人はありがたがってるが、じゃあ、その堆肥や有機肥料はどっから畑に持ちこんでんだ？　多くの場合、家畜のフンを使うが、それこそ抗生物質漬けの家畜だったら、安全といえっか」

「肥料にも、そういう危険性があるんですね」

「おれは、余計なことはせん。金をかけない。自然の力を最大限引き出すやり方よ。自然農法なんて呼ばれてるらしい。より自然な状態で作物をつくる。じゃが、生えた草をほったらかしにするわけじゃない。野菜が育ちやすいように手助けをする。刈り取った草は、捨てずに活かす。そもそも自然には、ここで見たように、野菜を育てるだけの力があるわけだからな」

幸吉は言うと、文哉に尋ねた。「ところで仕入れると言ったが、いったいどこに売るつもりなんだ？」

「来月、うちの庭で親睦会をやるんです。別荘の人、地元の人を招いて。そのとき、うちの店でぜひ扱わせていただけたら、と思いまして」

「はーん、そういうことけ」

幸吉は小さくうなずいた。「だったら、自分の畑でとれたものを売ったらどうだ？」

「もちろん、そうしたいですが、今はまだ……」

「あんちゃんの畑は、そもそも畝の立て方からしてまちがってる。畝とは、南北に立てるもんだ。お天道様の光をたっぷり浴びせるためにな。それにトマトやシシトウにたくさん実が生らないのは、仕立てがまちがってるからだべ。脇芽をしっかり摘んでないんだろう。キュウリはうどんこ病だ。カボチャに実がつかないのは、受粉されてないからだ。カボチャの花は、朝早くにだけ咲く。その時間を見計らって受粉してやらなきゃ、ハチも少なくなった今じゃ、実をつけん」

いちいちうなずくことばかりだ。

「あんちゃん、本気で畑をやる気あんのか？」

「もちろんです」

「へえー、そうかあ」

幸吉は薄く笑った。

「せっかくなんで、さっき見つけたミツバとアシタバとシソをもらって帰ってもいいですか？　あ、それからスベリヒユも」

「へっ、好きにしな」

息を吐いて幸吉が笑った。「あんちゃんは、おもしろいやつだなあ」

「え、そうですか？」

「いや、今の若いやつは、時間があるかって聞くと、みんな必ず『忙しい』と答える。

あんちゃんは、『はい、時間ならあります』と答えた。要するに、自分の時間を持っている。それを自分で使える。つまり余裕があるってこった。時間がありさえすれば、いろんなやりようがある。忙しがるやつは、これしか方法がないと思いこみ、たいてい不幸せそうな顔して生きてるもんさ」

幸吉の言葉に、文哉は深くうなずいた。

29

家に帰った文哉は、畑のカボチャをよく観察した。たしかに黄色の花はすべて萎れ、閉じてしまっている。これではハチがやって来ても花粉を運べない。

そこで翌日、朝起きるとすぐに庭の畑に立った。カボチャの花がたしかに開いている。その花のなかから、雄花と雌花をさがした。ちがいは一目瞭然。雄花は萼（がく）の下がほっそりしているが、雌花はぷっくりしている。女性の腰のくびれのようにも見えるからおもしろい。

さっそく雄花を摘み取り、黄色い花びらの部分を指でむしり取って、花粉のついているおしべを露出させる。そのおしべを、雌花のめしべにぐりぐりとなすりつける。雌花は二つ咲いていたので、二つに受粉させせた。

——なるほど、植物も人間と同じなんだな。

文哉は妙なことに感心しつつ、ふと、美晴のことを思い出した。

その後、彼女から連絡はない。こちらからもしていない。

美晴は東京の出版社で働いている。編集者希望だったが、営業職からスタートを切った。そのことについて、かなり不満げでもあった。通例では、営業で三年経験を積んでからしか編集には移れないらしく、その頃には、もうおばさんだよ、と嘆いていた。

一方、早々に会社を辞めてしまった文哉を、なんとか自分の世界、東京へ、連れもどそうとしていた。しかしもう、あきらめたのかもしれない。

——元気でいるだろうか。

文哉はミニトマトの脇芽を摘んだ。脇芽というのは言葉のごとく、茎と葉の間からのびてくる芽だが、放っておくとどんどんのびてしまう。せっかくの栄養分が分散され、実付きもわるくなる、というわけだ。キュウリの葉のうどんこ病は、風通しがわるいせいらしい。思い切って、近くにあるトマトの枝をいくつか切ってみた。

やはり、多くの作物をつくろうとすれば、畑としては狭すぎるのだ。

でも、畑にできるようなスペースは、もう庭にはない。

生えている雑草は、とりあえず抜かずにそのままにしておいた。

30

七月下旬、関東地方に梅雨明けが宣言された。

別荘の管理を任されている顧客のなかで、一番手にやって来たのは、やはり寺島だ。二日前に挨拶をした。

申し込んでくれた「到着らくらくパック！」の感想を尋ねたところ、「いいねぇー、到着してすぐにのんびりできるからね。以前も庭の草取りを芳雄さんにお願いしてたけど、電話で言い忘れることもあるから、サービスがパックになってるのが便利だよな。いいアイデアだよ」。そう言ってもらえた。寺島はさっそく初日からボートで釣りに出かけたそうだ。

昨日、永井さんが無事到着。駅まで迎えに行き、手入れをすませた庭でお茶を飲みながら、お互いの近況などを話した。春の庭の様子をノートパソコンの画面で見てもらったところ、来年は必ず春にも来るようにするわ、と悔しがった。別荘管理契約者が夏だけでなく、年に何回も訪れてくれることは、文哉にとっては大歓迎。「ぜひ、秋バラのシーズンにも来てください」とお願いした。

そして今日、別荘の仕事を終えた文哉は、釣り竿を手にして磯に向かった。狙いはいつものベラの類い、またはシロギス。しかしアタリはあるが、なかなか釣れない。おまけにクサフグに仕掛けを切られてしまった。

「これで三回目だぞ。ここにはフグしかいないのかよ」

文哉は嘆き、「あーっ」と叫び、Tシャツを脱ぐと、海水パンツいっちょうになる。持参した水中メガネとシュノーケルをつけ、海へ飛びこんだ。

ちょうど仕掛けを落とした深みのあたり、ゆらめくカジメの林の奥に視線を送る。岩棚があり、たくさんのムラサキウニがいる。そして小ぶりのサザエも見つけた。だが、採るわけにはいかない。

沖に向かって続く岩棚は、去年の秋、カサゴを手づかみしたポイントだ。岩棚の下にまた潜んでいないかと覗きこもうとしたとき、いきなりそいつと目が合った。

海のギャングと呼ばれる、ウツボだ。

「――ぷはっ」

文哉はあわてて浮上し、立ち泳ぎで逃げた。

夕方、その話を家に訪れた和海に話したところ、「ナマダな」と言われた。

ウツボのことを、このあたりでは〝ナマダ〟と呼ぶらしい。

「ナマダは見かけによらずうまいよ」

「食べたんですか。あいつを？」

「ああ。冬がうまいって話だ」

和海は平然と答える。

「そういえば、春に漁師に絡まれたとき、ウツボはとってもいいのか聞いたら、『おまえにとれんのか。とれるもんなら、とってみろ』って言われました」

「ナマダは夜行性で、エビやカニ、タコなどを鋭い歯を使って食い千切る。その鋭い歯で嚙みついたら、からだをぐるぐる回転させやがる。人間の指なんてひとたまりもない。潜水漁師だっておそれてるやつさ。実際、血が止まらなくなって命をとられた人だっているって、聞いたことがある」

「やはり、そうなんですね……」

文哉はぞっとしたが、「でも、今日はおもしろいことに気づきました」と言った。

「ん、どんな？」

「魚がいないところで釣りをしても釣れない。当然ですよね。ならば、いるところで釣ればいいわけですよね」

「なんだよ、それ？　ボートに魚探でも積むような話だな」

「もちろん、ボートも魚探もないですから、おれはおれのやり方でやってみます。いい方法を思いついたんで」

「ふーん、じゃあ、お手並み拝見といこうか」

「ひさしぶりに一緒に行きますか、磯に？」

「そうだな、行くべ」

和海が缶ビールを飲み干した。「このスベリヒユのサラダ、なかなかうまかったわ。アシタバのおひたしも」

「でしょ？」

「でも、草ばっかり食っててもなあ」

「そうなんですよ」

文哉はうなずき、話題を変えた。「ところで、先日お願いした、凪子ちゃんの件なんですけど？」

「ああ、あの話ね」

和海は表情を曇らせた。

「凪子ちゃんなら、適任だと思うんですよ」

「まあでも、あいつは人前に出るのが苦手だからな」

「そこは自分がサポートします」

「話だけはしてみるか」

和海は言葉を濁した。

文哉が、和海を通して凪子に頼もうとしているのは、彼女が熟知している地元の浜のツアーガイドの仕事と、海辺で拾った漂流物を利用したアクセサリーの制作指導だ。おそらく対象は、ほとんどが凪子よりも年上になるはずだ。いわば先生役を凪子が務められるか、和海は懐疑的だった。凪子はここに来てずいぶん文哉と話すようになったが、無口な性格はあいかわらずでもあった。

31

翌日の午後四時過ぎ、いくぶん日差しが和らいだ頃、文哉は和海と海へ向かった。岬の森から、ねばっこいアブラゼミの合唱が聞こえてくる。

夕食は、凪子を呼んで、文哉の家で一緒に食べる段取りにした。そのため必ず食材を調達しなければならない。いつもの磯に到着するや、文哉は和海とは別行動をとった。

昨日、和海に話した例のことを試すつもりだ。

それは、釣り。

だが、ただの釣りではない。

陸からではなく、海に潜って釣ろうというのだ。

仕掛けを巻いた二十センチほどの長さの流木を握り、文哉は海に入った。テグスの先にはヨリモドシがひとつ、そこからは細めのライン、そしてその先に釣り針をひとつ、というシンプルな仕掛け。ラインにはカミツブシと呼ばれる小さなおもりを三つ、少し間隔を置いて付け、ほどよく沈むように工夫した。餌は、現地調達した貝、クボガイの剝き身だ。

泳ぎはじめたら、すぐにアオベラが餌をつつきにくる。こちらの姿を見ても逃げていかない。

――これは、いけるかもしれない。

文哉は岩棚を伝うようにして、沖へと向かった。

と、そのとき、テグスを巻いた右手の人差し指にぶるぶるっと反応が伝わってきた。泳ぎながら引いていただけの釣り針に、まずまずのサイズのアオベラが勝手に掛かっているではないか。

ゆっくりテグスをたぐり寄せ、海面に浮上した。

まずは一匹、いただき。

アオベラ、十八センチ。

腰に巻き付けたスカリに入れ、口のヒモを締める。

釣り針のサイズを少し大きめにしたせいか、小物を避けることができるのも幸いした。

——よっしゃ。

と心のなかで叫ぶ。

一度陸に上がり、餌のクボガイの剝き身を付け直し、再び海へ。

近場ながら今度は別の魚が食いついた。

釣り上げたのは、ササノハベラ、二十センチ。

なんと言っても効率がいい。ひとつの餌、それも現地調達した貝で釣れるのだ。魚がいるところまで泳ぎ、魚を見ながら釣れるので、合わせやすくもある。陸の上では、こうはいかない。

水深五メートルほどの深みまで来ると、立ち泳ぎをしながら、水中メガネで海の様子を見ながら釣りをした。

この釣りは、〝泳ぎ釣り〟と命名しよう。

そのとき、黒い影が沖のほうから現れた。ぱっと見、三十センチくらいはある。垂らした餌に向かってきたが、身を翻すようにして去ってしまった。メジナの大物だった。

その後、浅いところへもどり、アオベラ、ギンポを釣り上げる。

一方、和海は、ショウジンガニを五匹、カメノテをたくさん採取していた。さらに、おかしなかたちの黄色と青が目立つ魚を手にしていた。

「なんですか、それ？」

「ハコフグさ」と和海が答えた。

「たしかに箱みたいな魚ですね。色はすごくきれいだけど」

文哉は両手に載せてみた。二十センチ近くある。肌はざらざらしていて、角張ったからだは硬い。「これはさすがに食えませんよね」

「いや、食うよ」

「でもフグなんでしょ。毒があるんじゃないですか？」

「詳しくは知らねえけど、昔からここいらでは食ってるわな。毒を出す皮をタワシでこすってぬめりを落とせば、いけるぞ」

「そうなんだ」とだけ文哉は答えた。「でもどうやってとったんですか？」

「泳いでたらこいつがいたんで、追いかけて両手でつかまえた」

「え、素手ですか？」

「こんなからだしてるせいか、ちょっと鈍いんだよな、ハコフグは」

和海は日に焼けた顔で笑った。

文哉の釣果と釣り方を聞くと、「〝泳ぎ釣り〟とは考えたな、文哉らしいわ」と笑いながら感心された。

家に帰ると、庭の縁側に寺島と中瀬の姿があった。もちろん、誘ったわけではない。

瓜子はすでに台所に立ち、鍋で湯を沸かしている。

「おう、うまい日本酒持ってきたから」

中瀬はすでに顔がほんのり赤い。寺島の家で一杯やってきたのだろうか。

和海の指示で、文哉は物置小屋から七輪、それにテーブルと椅子を出してきた。手慣れた様子で和海が七輪に火をつけ、木炭をくべる。

「さあ、焼くべ」

「おっ、獲物はハコフグとショウジンガニかい。幸吉のじいさんが見たら、うらやましがるぞ」

「え、どうしてですか？」

「あの人な、ハコフグで一杯やるのが好きでな。といっても、こいつは魚屋じゃ売ってねえし、狙ってとれるもんでもねえから、ここ何年も食ってねえと思うわ」

「だったら、呼びましょうよ」

文哉は声を上げた。

「呼んでもいいのかい。来るかはわかんねえけど」

中瀬は重たそうに腰を上げ、夕焼けに染まりだした坂道を下りていった。

「まあ、あのじいさんのことだから、どうせ来ないべ」

和海が笑うと、「そういえば、私も幸吉さんとは一度も飲んだことないな」と寺島が頭を掻く。

文哉は台所に立ち、凪子の手伝いをした。

凪子は黙ったまま、小出刃でアオベラのうろこを丁寧に取っている。

「なんかわるいね、大勢になっちゃって」

文哉が声をかけると、ううん、と凪子は首を横に振った。

「ベラはどうする？　おれはいつも塩ふって素焼きだけど」

「ハコフグとショウジンガニも焼くから、じゃあ、ちがうほうがいいね」

凪子の口元がわずかにゆるむ。

「任せるよ」

「うん」

凪子は小さくうなずいた。

「おやおや、こんばんは」

「どうもどうも、ご苦労さんです」

庭のほうから声がした。

見れば、いつもの農作業服姿の幸吉が、文哉の畑の前に立っている。

「下の畑にいたんで、呼んできた」

中瀬は苦笑いを浮かべている。

「どうぞどうぞ、こっちへ。日本酒もありますから」

「じっちゃん、ハコフグ焼けっぞ」

だが、幸吉はおもむろにしゃがみこむと、畑のミニトマトやシシトウに手を入れはじめた。地面に近い下のほうに出ている葉をすべてむしり取り、上のほうのこみいった茎を何本か手早く折っていく。

文哉はその手際を縁側からじっと見ていた。

「おーっ、すっきりしたね」

和海の声がする。

「ああ、こんでいい」

幸吉が、文哉に目配せした。「芽はな、いくらでも生えてくっから」

「ありがとうございます」

「さすがは幸吉つぁんだ」

中瀬がおだてる。「ほれほれ、まずは一杯」

幸吉は庭の立水栓で手早く手と顔を洗った。あいにく家には日本酒を飲むための酒器がなく、幸吉は怪訝（けげん）そうな顔を見せ、プラスチックのピンク色のコップを手にした。

中瀬が一升瓶を傾け、とろとろと注ぐ酒を眺めながら、幸吉は「はあー」とため息をつく。からだを使って働いた者が吐く、心地よさげな声だ。

「それじゃあ、幸吉さんも来てくれたんで、あらためて乾杯！」

寺島がタイミングよく声をかけた。

七輪から上がる煙の向こうで、幸吉がゆっくり酒を飲む。しわだらけのむずかしそうな顔が、たちまち柔和になる。まるで干からびかけた植物が水を与えられたような具合だ。

「うめえなぁ」

中瀬が笑う。

「おっ、千葉の地酒じゃねえか」と和海。

「テラさんの差し入れ」

「なんだ、中瀬さんじゃないんだ」

文哉が口を滑らせる。

「おれはほら、こいつを」

中瀬が練炭コンロの網の上で焼けたハコフグを指さす。

「嘘こけ」

幸吉がふっと笑う。「だれがとってきた？」

「——文哉ですよ」

なぜか和海が言った。

「ほう、やるでねえか、あんちゃん」

幸吉が黒く焦げたハコフグの皮から箸を入れ、なかの身をつまんだ。

「どうだい、ひさしぶりだろ？」

「——うんめえ」

「なあ、よかったな、じっちゃん」

「〝ヤマンモン〟さえありゃあ、なんもいらねえな」

幸吉がコップを傾け、笑う。

「〝ヤマンモン〟か。懐かしい呼び方だなあー」

なぜそう呼ぶのかはよくわからなかったが、〝ヤマンモン〟とは、海辺によく見られたヤマモモの木の赤い実のこと。その熟した実が、夏に海に落ちると魚が集まってくるが、ハコフグだけは鈍くてその実を口にできず、その俗称を頂戴したらしい。

「これはありがてえや」

幸吉が酒をすすり、舌鼓を打った。

「でもこのハコフグ、ほんとはおれがとったんじゃないんです」

文哉は正直に言った。

「ん？」

「カズさんがとったんです」

「まあ、こまけえことはいいから」

中瀬が下唇を突き出し、あわてて右手を振る。

「いえ、じつはおれ――」

文哉は言おうか言うまいかずっと迷っていたことを口にした。「今年の一月の話ですけど、幸吉さんの畑の野菜、盗んで食べようかと思ったことがありました」

「えっ？　なんだと」

「どうしてまた？」

中瀬と寺島の口元から笑いが消える。

「病み上がりで食うものがなくて、おれ、すごく腹が減ってたんです」

「だったら、おまえ――」

中瀬が言いかけたとき、幸吉が口を開いた。「ああ、覚えてっぞ。おれ、あんちゃんのこと見てたから」

「やっぱり、そうでしたか。人の気配がしたんで逃げたんです」

「――したっけ、それがどうした？」

幸吉は凜とした声を出した。「ハラさ減って、食うもんなけりゃあ、おれもそうするさ。いや、ガキの頃、したことあんだ。気にすることねえ」

　その場が静まった。

　どこかでひりひりとコオロギが鳴いている。

「——すいませんでした」

「謝ることねえべ。あんちゃん、盗ってねえんだしな」

「そうだよ、じっちゃんの言うとおりだ」

　中瀬が小声で口を挟むと、寺島が黙ってうなずいた。

「おれのつくった野菜で、ハラ減ったやつが助かるなら、そんなにうれしいことはねえ」

　幸吉の言葉に、中瀬がうなずいた。

　文哉は唇を嚙んだ。

「そういえばそんとき、文哉と連絡がとれなかったよな」

　和海が静かに言った。「おまえさ、よく自立って言葉を使うし、それにこだわってもいるようだけど、自立っていうのはよ、なにもひとりで生きるってことじゃねえだろ」

「そうだ、水くせえぞ」と中瀬がつぶやいた。

「でもおれは、いつも、人からもらってばかりで……」

　文哉は言葉に詰まり、うつむいた。

「――あんちゃん、カボチャ、うまく受粉させたな」

幸吉の言葉に、文哉は洟をすすり、「はい、二つとも大きくなってきました」と答えた。

「つるをのばしすぎるな。せいぜい三本でええ。葉は重ねんな。そいから、玉が大きくなったら下に藁を敷くんだが、なけりゃあ、刈り取った草を使えばいい」

「わかりました。そうします」

「カボチャをやるには、この畑じゃ狭すぎっぞ」

幸吉がふーっと息を吐く。

「やっぱり、そうですよね」

「こないだも聞いたが、あんちゃん、ほんとに畑をやる気あんのか？」

「――やりたいです」

「ほーかい」

幸吉がうなずく。

まわりは黙って長老と文哉の会話を聞いていた。

「だったら、おれの土地を貸してやるべか」

「ほんとですか？」

文哉は顔を上げた。

「ああ、今夜はうめえ酒、飲ましてもらった」

「いえ、そんな……」

「へえー、じっちゃんもいいとこあんなぁ」

中瀬が酒臭い息を吐く。「こりゃあ、〝ヤマンモン〟のおかげだな」

みんなが声を合わせるように笑う。

「畑の件、どうかよろしくお願いします」

文哉は頭を下げた。

「幸吉つぁん」

和海が声をかける。「こんな若造ですけど、おれからもお願いします」

「おう、次も楽しみにしてるわ」

幸吉の相好が崩れ、みんなが笑った。

「焼きガニもうんめえぞ。やっぱ、〝いそっぴ〟は味が濃いなあ」

中瀬がショウジンガニの甲羅をしゃぶる。

「うん、芳雄さん、好きだったもんなあ」

和海が中瀬とうなずき合う。

夕陽が海に溶け、あたりは暗さを増していた。火に誘われたカナブンが網戸にぶつかり、地面の上でひっくり返って羽音を鳴らしている。

寺島が腰を上げ、幸吉の似合わないピンク色のコップに酒を注いだ。

思えば、文哉は会社での飲み会がいやでたまらなかった。仕事が終わってからも、なぜ束縛されなければならないのか。先輩の愚痴を聞かなければならないのか。しかも金まで払って……。そう思っていた。

でも今、この人たちと飲む酒はおいしく、過ごす時間が愛おしくさえ思えた。

七輪の赤くなった木炭にハコフグの肝の脂が落ち、じゅっと音を立て、小さく炎を上げる。香ばしいにおいが鼻をくすぐる。

「さあ、呑むべ、食うべ」

火を囲んだ男たちの割り箸が、ちいさな海の恵みへのびていく。

黒焦げのハコフグの中身が次第に減っていく。その様子は、かなり残酷にも映るはずだが、文哉にはもう抵抗はなかった。

「うまいですね」

文哉は頬をゆるめた。

「少しですけど、ベラの刺身です。それから、カメノテの味噌汁ができてます」

凪子がガラスの小鉢を持ってきた。

「おお、これも日本酒に合いそうだ」

「すまないね、凪子ちゃん」

寺島が笑いながら言う。「今度は、捌（さば）きやすい大物を私が釣ってくるから」

「期待してます」

凪子の代わりに文哉が答えた。

凪子がジュースの入ったコップを手に、縁側に腰かけ、火を見つめていた。

文哉は和やかなその場の雰囲気を楽しみながら、もっとこういう機会を増やせないかと考えた。この別荘地には、いろんな人がやって来る。しかしふだんは地元の人と交流する機会は、ほぼない。寺島を除けば、関係は希薄といえた。

生前、芳雄は夏にバーベキューパーティーを開いていたようだが、それだけでは足りないだろう。また、地元の人のなかでも、世代によって隔たりがある。彰男を見ていてそのことは強く感じていた。

もっと日常的な多くのふれあいが生まれたら。そのためには、そういう場所が必要なはずだ。

「――私ね」

斜め後ろに座った凪子が言った。「文哉さんのツアーガイドのお手伝い、してみようかな、と思ってる。自分の手がけたものが置いてあるこのお店にも、もっと顔を出すことにする」

空が暗くなり、星が見えた。

東京の空とは比べものにならないほど、たくさんの星が瞬（またた）いている。足もとでは、木炭の火が、まるで沈んでしまった夕焼けのように静かに赤く燃えている。

その火を眺めながら、今日はいい日だな、と文哉はつくづく思った。

32

午後十時過ぎ、携帯電話が震えた。

こんな時間にだれかと思えば、川上美晴からだった。

大学時代の友人、印刷会社に勤めている谷田（たにた）と最近偶然会ったという。その際、電機メーカーに就職した長谷川（はせがわ）の話が出たらしい。

「彼、会社辞めたらしい」

「長谷川が？」

「そう。まあ、彼の場合はすぐに転職したらしいけど。谷田君に、緒方君のことを聞かれたから、少し話しちゃった」

「ああ、べつにいいけど」

文哉は、美晴のかしこまった自分の呼び方に距離を覚えた。それは東京―南房総間よりもずっと遠い感じがした。

谷田はその際、驚いた様子だったが、あいつらしいかも、と笑っていたそうだ。

「じつは私も迷ってるの」

美晴のため息まじりの声が聞こえた。

「迷ってるって？」

「今の仕事、ちょっとちがう気がして」

「なんで、第一志望の出版社じゃないか」

「でも営業だからね」

「美晴なら、やれるだろ」

「もちろん私なりにがんばってるよ。あと二年がんばれば編集に移れると思って。でもそしたらこないだ、川上さんは、営業に向いてるねって、上の人から言われて」

美晴は言葉に詰まった。

「――そうなんだ」

文哉は読んでいた本に栞(しおり)を挟んだ。「そういえばこないだ、藪(やぶ)を歩いてたら、ヘビが出てきたんだ」

「なにそれ。やぶ蛇、ってこと。私の努力、ちゃかしてるわけ？」

「そうじゃないよ」

文哉は顔をしかめた。「ほんとの話さ。土地を借りたんだけど、そこが長いあいだほったらかしにされてたみたいでさ。毎日手を入れてるんだけど、かなり時間がかかりそうなんだ」

「だから？」

「いや、おれも自分なりにがんばってるけど、なかなか思うようにいかないって話」

「土地なんて借りてどうすんの？」

「畑をやるんだよ。野菜をつくるためにね」

「そんなこと、文哉にできるの？」

美晴が思わずといった感じで、呼び捨てにした。

しばしの沈黙のあと、文哉が口を開く。「できるとは言わない。でも、できるようになりたいとは思ってる。ここで食うためにね」

実際、幸吉から借り受けたビワ山の裾野の土地は、予想以上に荒れていた。太くなった雑木が邪魔になり、貯めていた金を使って、リサイクルショップでチェーンソーを買った。だが中古のため、もうひとつ切れ味がわるく、和海からやり方を教えてもらい、丸ヤスリを使って刃の目立てをした。それでようやく切れ味を改善することができ、仕事が捗る(はかど)ようになった。

「でもさ、本ってやっぱりすごいよね」

機嫌を損ねた様子の美晴に言ってみた。

「どうして？」

「今、リサイクルショップで見つけた、農業の本を読んでる。〝自然農〟に関する本なんだけど、すごくおもしろい。農業の話なんだけど、生き方について書かれているような気がするんだ」

美晴は黙って聞いている。

「生きるために本は必要だよ。そういう意味じゃ、川上さんの仕事って、間接的かもしれないけど、大切な役割を担っていると思うよ」

「――ほんとにそう思う？」

「思うよ。心から思う」

文哉は言葉に力をこめた。

「ありがとう――」

言葉が切れ、沈黙のあと、すすり泣く声が聞こえた。

「忙しいとは思うけど、機会があれば、こっちにおいでよ」

返事はなかったが、文哉は東京からの交通手段を説明した。

「人間って、なんとかなるもんなんだね」

泣きやんだ美晴が言った。

「どういうこと？」

「だって今日、文哉に電話をするとき、もう通じないかもしれないと思ったもん。だからこわかったの」

「心配ないよ。僕は生きてる。そりゃあ、贅沢(ぜいたく)もできないし、まだまだ安心できないけど、なんとかかね」

「サーフィンは？」

「サーフィン？」

　文哉は言うべきか躊躇したが、「今朝の波は最高だった。ひさしぶりにいい波に乗れたよ」と正直に答えた。

33

　八月に入り、海の沖に入道雲を浮かべた晴天が続いている。

　どこにいても、日中はセミたちの合唱が聞こえてくる。道端では赤や黄色やオレンジ色のカンナの花をよく見かける。まさしく夏だ。

　午後七時、ようやく日が沈んだ頃、近所を見回るが、それでもまだ蒸し暑い。坂の両側に建ち並ぶ瀟洒(しょうしゃ)な別荘のガレージには車が納まり、門灯や窓にやわらかな灯(あか)りがともっている。少し型の古いベンツやアウディ、車種は様々だが、少なくとも文哉が父から譲り受けたような中古車でないことは明らかだ。

ナンバープレートの多くは、東京都、神奈川県、埼玉県あたり。神奈川の車が多いのは意外に思うが、あちらの海岸沿いは交通渋滞が激しく、駐車場がどこも有料のため、こっちを選んだという話をよく聞く。

文哉が契約する九軒の別荘契約者は、すでに全員がここ南房総に到着している。多くの契約者は仕事をリタイアしているせいか、一週間以上の長期滞在の予定だ。本日、同じ三十代らしき同性の友人を連れて到着した独身の稲垣にしても、四泊五日と聞いている。

文哉は、宏美が放り出していった雑貨屋をリニューアルオープンした。空いていた棚には、とにかくなんでもいいから商品となるものを見つけ、並べるよう努めた。まずは品揃えだ。

といっても、あらたに並べた店の在庫は、ほとんどが委託品。凪子が手がける、流木をはじめとした浜辺の漂流物、シーグラス、貝殻、磁器片などでつくるオブジェやアクセサリー。彰男がビワの葉で染めた衣類、ビワを使った加工品、それから幸吉の畑から仕入れた新鮮な野菜。そしてその奥に、以前から置かれている、宏美が買いつけたアジア系の雑貨類。多種多様な品揃えになった。

オープン前の夕方、中瀬がやって来て、店をのぞいてこう言った。

「あんだ、この店には、あんでんかんでん置いてあるなあ」

房州弁で「あんでんかんでん」とは、なんでもかんでも、という意味らしい。

そこで店の名前は、「あんでんかんでん」に決めた。

彰男に伝えたところ、「だせえ」とひとこと。

凪子が流木を使った看板をこしらえてくれた。流木にぶらさがった看板に、赤いペンキで「あんでんかんでん　営業中」と書かれている。

店に貼ったポスターには、「売りたいもの、不用なものがあればご相談ください」と書きこんだ。

その「あんでんかんでん」オープン初日に売れたのは、凪子の手による新作のブローチだ。砂浜で拾った磁器片に金具を付けただけ、と凪子は恐縮するが、磁器片を見つけるのにも時間がかかる。そして〝これは〟という磁器片を見極める彼女のセンスに見合う値段を文哉は思い切ってつけた。こういう品は、安くしたからといって、売れるものではない。

凪子の手がける品はすべて一点もの。この世にひとつしか存在しない。その価値を認めてくれる人にこそ買ってほしい。

それらを理解し、購入してくれたのは、別荘の契約者のなかでいちばん広い屋敷を持つ、未亡人の永井さん。到着した日に芳雄の遺影に手を合わせたあと、店の棚を眺めていた。

「――あら、これ素敵ね」

声がしたので様子をうかがってみれば、手にしていたのは、文哉が凪子から預かった蛸唐草模様の磁器片を使ったブローチだった。

「さすがは永井さんですね」

文哉はうれしくなって思わず声をかけ、その磁器片について語りだした。

じつは数日前、館山市内にある「リサイクルショップ海坊主」を訪れ、チェーンソーのほかに、古本を購入した。レジへ向かった際、ガラスケースのなかに見覚えのある模様の器を見つけたのだ。店の名前の由来のごとく、頭をツルツルにまるめた店長らしき男によれば、それは磁器だとのこと。

「もしかして伊万里焼ですか?」

文哉が尋ねると、「そのとおりです」と海坊主の顔がほころんだ。「古伊万里の蕎麦猪口になります」

「へえー、じゃあ、そばを食べるときに使うわけですね」

「いやまあ、骨董品ですから、それこそ大切に飾る人もいますし、使い方はそれぞれです。私なんかは、ぐい呑みにしてますが、安い日本酒でも、それはおいしく感じるものです」

「そんな使い方もあるんですね。おもしろいなあ」

文哉は思い切って尋ねた。「これって、蛸唐草模様ですよね？」

「よくご存じで」

海坊主は満面の笑みで、ガラスケースから同じ模様が青く染めつけられた三客の蕎麦猪口を恭しく取り出した。

たしかにものは古そうで、上から見ると飲み口の部分が微妙にゆがんでいる。ひっくり返したら、値札シールが貼られていた。

「えっ、これってひとつ一万五千円もするんですか？」

文哉は仰天した。

「ええ、江戸時代のものですから」

「けど、本物なんですかね？」

「――それではいいですか」

海坊主は蛸唐草模様の磁器を両手に持ち、二つをかるくぶつけて共鳴させた。これまで聞いたことのないような硬質ないい音色がした。たしかに文哉が使っている茶碗の類いとは異なるようだ。

「伊万里焼と言いましてもね、今は技術が進歩し、高温、短時間で焼き上げられるわけですよ。でもね、昔はそんなわけにはいきませんから、何日もかけて焼いたそうです。だから、丈夫でこういう音が出るんです。簡単には割れません。本物です」

「詳しいですね」

「じつはこう見えても、以前は骨董商でしたから」

海坊主は自嘲気味に口元をゆるめ、自分のはげ頭を叩く真似をした。「でもなかなか売れません。ここは安いものを見つけに来る店なんで」

たしかにそうかもしれない。文哉にしても同じだ。

海坊主は周囲を見回すと、小声で言った。

「どうです？　一客、半額にしますけど」

「いやあ、それでも……」

文哉はそう答えたものの、じつはかなり興味を持った。もちろん、文哉に骨董の趣味などない。ただ、海で拾った磁器片が、江戸時代、遠く九州は伊万里の港からやって来た話を聞いたとき、からだのなかになにか得体の知れない風が吹いたのだ。その話を文哉から聞き、砂浜で磁器片を拾い集めている凪子に、できればその実物を見せてやりたいと思った。本物の古伊万里を。

「ただですね、見てください。この三つ、同じ蛸唐草でもね、一つひとつ模様が微妙にちがうんです」

たしかにそうだ。つまり凪子の作品ではないが、一点ものなのだ。

「だからね、ここはもう、三客そろえてお持ちになるほうがいい」

「いや、それは絶対無理ですよ」

「この三つは、別れさせたくないねえー」

海坊主は唇の端に力をこめてから、「三客そろえてなら、思い切って二万円にしましょう」と声を絞り出した。

財布には、ビワの収穫作業で稼いだ金が入っていた。

「じゃあ、三客で一万円にしてください」と文哉は交渉してみた。

「それはいくらなんでも……」

海坊主はさすがに渋り、さらに二千円だけ値引きしてくれた。定価なら三客で四万五千円が、一万八千円になった。かなり迷ったが、これも投資と思いたかった。

帰宅後、さっそく凪子に見せにいったら、とても喜んでくれた。少女のようなその笑顔が、文哉にはうれしくて、だから迷わずひとつをプレゼントしたのだ。

「――これ、いただくわ」

永井さんの声に、はっと我に返る。

「それから、これもいただこうかしら」

銀髪を高く結った永井さんが指さしたのは、彰男がつくってきたビワの葉染めの木綿のスカーフだった。

「はい、こちらも新商品になります」

文哉は興奮を抑えるが、口元がゆるんでしかたなかった。

凪子、そしていつも自信なげな彰男の喜ぶ顔が大きく浮かんだ。

文哉がブローチとスカーフを包もうとしたところ、永井さんはそのままでいいと言う。ラッピングなどしたことがないので正直ほっとした。

永井さんは、その場でブラウスに付けていたカメオのブローチを外し、首にビワの葉染めのスカーフをゆるく巻き、磁器片のブローチで留めた。淡いビワ色のコットンのスカーフに、蛸唐草模様の青がとても映える。

なるほど、こういうふうに使うのかと文哉は感心し、あわてて手鏡を持ってきた。

「どうかしら？」

「すごくいい感じだと思います」

「文哉さん、お上手ね」

永井さんは満足そうに鏡に自分を映した。

翌日、梅本さんと東さん、六十代の女性二人が揃って「あんでんかんでん」に来店した。お茶の準備をしていると、襖（ふすま）で仕切られた店のほうから、なにやらひそひそ話が聞こえてくる。

「――これだわ」

「そうそう、これよね」

「薄手だし、手触りがやわらかいわね」

「少し大きめにできてるから、かぶれば日焼け防止にもなりそうね」

「そうね、そういう使い方もあるわよね」

襖の隙間からうかがうと、二人の女性が手にしているのは、ビワの葉染めのスカーフだ。

「この色合いがいいのよね」

「そう、派手じゃなくてね。ゆるく絞りが入っているのも素敵じゃない」

次第に声が大きくなる。

「いかがですか？」

タイミングを見計らって文哉が襖を静かに開け、声をかけた。

「これって、ビワの葉で染めてるの？」

梅本さんが振り返った。「でも、色合いがみんなちがうわよね」

「これはですね、以前お二人にお買い上げいただいたビワをつくっている農園の息子、山野井彰男が一本一本手染めしたものでして、すべて一点ものになります。ですので、それぞれ染める時間や日照によっても色はちがってくるそうなんです」

「なるほどね。永井さんのは、もっと濃い色だったもの」

「じゃあ、同じものじゃないわけね」

どうやら二人は、永井さんがしているのをどこかで見かけたようだ。とはいえ、まったく同じものは敬遠したい、というプライドをのぞかせた。

「それからこれよ」

東さんが手にしたのは、永井さんがカメオのブローチの代わりにつけた磁器片のブローチだ。

「やっぱり、これも素敵ね」

「こんなの見たことないもの。この和風な感じがいいわね」

二人の会話に、さりげなく文哉も割りこむ。「はい、こちらもすべて一点ものになります。同じものはこの世に存在しません」

嘘ではないはずだ。

「こっちの珊瑚(さんご)のブローチもおもしろいわね」

「あら、この貝殻のもわるくないわよね」

二人の声が若やいでいく。

結局、それぞれがビワの葉染めのスカーフ、ブローチをセットで買ってくれた。値段などまるで気にする様子を見せなかった。

34

「いやあー、売れましたよ！」

文哉は店を閉めてから、さっそく彰男に連絡を入れた。

「売れたって、なにが？　店に客なんて来るの？」

「それが来るんですよ、いいお客さんたちが」

文哉は、彰男の失礼な言葉に言い返す。

「じゃあ、ビワジャム？　それともビワの葉茶？」

「ビワジャムも売れました。でもそれだけじゃない」

文哉の声に笑いがまじった。「ビワの葉染めのスカーフが売れました。それも二日で三本も！」

だが、返事がない。

「もしもし、聞いてますか？」

文哉が呼びかけると、しばらくして洟をすする音がした。

「彰男さん？」

「――正直おれ、もうやめようかと思ってた。やっぱり東京に逃げようって」

「えっ」

「――いや、なんでもねえ」

「ビワの葉染めのスカーフ、まだ売れるかもしれないから、できれば用意してくださ
い」

「そうか、わかった。近いうちに必ず持ってくよ」

彰男の声がいつになく頼もしく聞こえた。

夕方、中瀬がめずらしく幸吉と一緒にやって来た。

野菜を持ってきてくれた幸吉は機嫌がよかった。

「おもしれえもんだな」

同じビワ農家として苦労を共にした知り合いである山野井農園の信子から、文哉の
店で彰男がビワの葉で染めたスカーフが三本も売れたと、涙ながらに電話があったそ
うだ。幸吉と信子は、遠い親戚にもあたるらしい。

「これってな、昔ここいらの漁師や海女さんがかぶってた、〝どかん〟に似てんだよ
な」

幸吉が店の棚に飾られた、彰男のスカーフを指さす。

「〝どかん〟ですか?」

「ああ、海っぷちは風が強いだろ、筒型に縫い合わせた布なんだが、まあ防寒具や日除けの一種だわな。頭巾みたいにかぶったり、マフラーみたいに首に巻いたりよ。手ぬぐいや、風呂敷代わりにだってなるわけさ。使わないときは、まるめてしまってけばいい」

いつになく幸吉は饒舌だ。

「おもしろいですね、〝どかん〟ですか。そういう話を聞くと、彰男さんのスカーフが売れるのもわかる気がします」

「――で、幸吉さんの野菜はどうなん？」

中瀬が口を挟む。

「それが、野菜のほうはまだ……」

「そいつは、けっさくだ」

幸吉が笑う。「長年農家をやって来たおれの野菜が売れんで、はな垂れ坊主の彰男の一本五千円もする〝どかん〟が売れちまうんだからなあ」

「幸吉さん、〝どかん〟じゃねえよ」

中瀬が小さく舌を打つ。「まあ、今日日、野菜っていったら、どこのスーパーでも売ってっからな」

「いえ、幸吉さんの野菜は別ものです。これからが勝負です」

文哉は言葉に力をこめた。

田舎でくすぶっていた彰男が手がけたビワの葉染めが売れたことは、正直驚きだった。瓜子の磁器片を利用したブローチにしてもそうだ。なにしろ別荘族の目の肥えたマダムたちのお眼鏡に適ったのだから、たいしたものだ。

その事実は、文哉にとっても大きな自信になった。

早々に辞めてしまった会社に入社したてのとき、電話で受けるクレームにたじろいだのは、そもそも自社商品について知識もなく、なにより疑いを抱いていたせいだ。自分で仕入れ、扱う商品に実績がつけば、自信を持って客に薦められる。販路の拡大だって夢ではない。

「ところであんちゃん、飯は食ったか？」

幸吉が野菜を並べた棚に目をやりながら言った。

「いえ、まだですけど」

このところ忙しく、ゆっくり食事の支度をする暇がなかった。

「じゃあ、こいつで、うまいもんこさえてやる」

幸吉は自分の野菜を手にした。「台所、ちょいと借りるぜ」

「幸吉さん、料理なんてできんのかよ」

中瀬が困惑した表情を浮かべた。

十五分ほどで、台所からいいにおいがしてきた。

「なにつくった？　はええなあ」

中瀬は置きっぱなしになっている日本酒を卓袱台に用意した。

そこへ、幸吉は料理を皿に盛るでもなく、フライパンのまま運んできた。

「さあ、食わっせえ」

幸吉もあぐらをかいた。

「このにおいって、もしかして？」

「おう、すき焼きよ」

幸吉の口元がゆるんでいる。「といっても、野菜だけのな」

「はあ」

文哉は少々力が抜けた。

茶碗に白飯をよそい、生卵を取り皿に割って箸でぐるぐるかきまわした。

フライパンのなかには、売れ残った野菜。メインは、縦に薄切りにされたナスだ。

そして輪切りのダイコン、セリなどが入っている。

「トマトも入れちゃったんですか？」

「まあ、食ってみろって」

幸吉が腕組みをする。

溶き卵にナスをからめて口にほおばる。味はたしかにすき焼きだ。しかしすき焼きに、ふつうナスは入れない。が、紫色の皮のなかのとろっとしたナスの身が、甘辛いタレに抜群に合う。その濃いタレに負けない味を、幸吉のナスがしっかり自己主張している。

「どうでぇ?」

「うめぇ!」

叫んだのは、中瀬だ。

「これは、アリですね」

文哉は続けてナスをほおばった。いくつでもいけそうだ。「うわっ、このナス、ご飯がすすむな」

「だろ、昔、ばあちゃんが生きてるときによくつくったもんさ。『今夜はすき焼きよ』、なんて言われっと、いつも決まってこの野菜のすき焼きでな」

幸吉の顔が幸せそうに輝いて見えた。

「うん、これもいいですね」

文哉は赤く熟したトマトにかぶりついた。トマトの酸味が甘辛のタレと生卵に絡まり、なんとも言えぬ味わいだ。

「今度、おれんちでもやるわ」

中瀬がご飯をよそいに立った。

その後は、先日寺島が持ってきた千葉の地酒で酒盛りとなった。

文哉は、ご機嫌な幸吉から興味深い畑の話をたくさん聞くことができた。

幸吉の畑に、なぜマリーゴールドの花が咲いているのかもわかった。マリーゴールドには、虫除けの効果があり、畑の土を浄化し、野菜の病気を防ぐ作用もあるらしい。

借り受けた休耕地は、汗水垂らして開墾している。それでもまだまだ手を入れる必要がありそうだ。本格的にはじめるのは秋からだから、しっかり準備をしろと諭された。

また、ありがたいことに、自家採種した野菜のタネを分けてくれると幸吉は約束してくれた。「大切なのは、タネだ」

幸吉は言う。「新しい交配種のタネは、収穫までの時間を短縮できるとか、収量が増えるなんて言っとるが、毎年買わされる仕組みさ。しかも弱さがあるものも少なくない。だから農薬や肥料を必要とする。加減をまちがわなければ、農薬は人体に影響ないとされる。でも使えば、水も空気も汚れるのさ。アブラムシを食うテントウムシや、受粉を助けるハチだけでなく、生き物を無差別に殺す。そんなものを必要とするつくりもののタネより、毎年自家採種した昔からのタネのほうがいいべ？　守らなければならん。それが、おれら農民の生きる道だっぺ」

35

文哉が自分で企画した〝ビーチコーミング体験ツアー〟を初めて開催した。

といっても、参加者は六人。東京でOLとして働く稲垣さんは、別荘を購入して二年目ということもあり、なにかと管理人の文哉を頼りにしてくれる。そのせいか、友人二人とツアーに申し込んでくれた。あとは山口さんの家族から、親子三代、おばあちゃん、お母さん、娘さんの参加。別荘の持ち主のおじいちゃんと息子は別行動で、朝から海釣りに出かけたらしい。

ビーチコーミングとは、簡単にいえば、海岸を散歩しながら、浜辺に打ち上げられた漂流物を収集する野外活動だ。なにを拾ってもいい。貝殻や珊瑚や流木、丸くなった石やビーチグラス、様々なものが対象となる。それらを標本にしたり、材料にして自分だけの作品をつくったりして楽しむこともできる。

ただ、自然が相手なだけに、注意も必要になる。まず歩くのが波打ち際であり、とくに子供などは海に近づきすぎないこと。浜辺には毒クラゲやエイなど、危険な生物もいる。中身の知れない液体の入った瓶なども、むやみに手を出さない。経験豊富な凪子によれば、ときには針のついた注射器なども落ちているという。

そんな注意を事前に伝え、午前九時過ぎ、一行は近くの砂浜でビーチコーミングを約一時間半楽しんだ。気温が高かったが、海から吹く風が気持ちよかった。

開始から三十分ほど過ぎた頃、凪子が自分で拾ったタカラガイを見せ、みんなにも同じ貝を見つけるようにリクエストをした。すると目標ができたせいか、参加者の集中力が増し、動きが活発になった。

巻き貝であるタカラガイは、多くが丸みを帯び、艶やかで光沢を放っている。大昔は貨幣として使われてもいたらしい。俗称で子安貝と呼ばれ、安産のお守りになるとも言われている。そのため、凪子はアクセサリーづくりにもよく用いていた。

山口さんの孫娘は、これはといった貝を見つけるたびに、文哉ではなく、凪子に駆け寄り、その貝の名前を尋ねていた。そのやりとりを同行した和海が、心配そうに離れた場所から眺めていたが、どうやら取り越し苦労に終わったようだ。凪子は積極的にはしゃべらないものの、それでも参加者との会話を楽しんでいる様子だ。

海から丘の上の家にもどると、「あんでんかんでん」の店番を頼んだ彰男がおずおずと迎えてくれた。隣の居間で、ビーチコーミングの収穫をみんなで見せ合う〝海のお宝〟品評会を開いて盛り上がった。

いちばん人気に輝いたのは、山口さんのおばあちゃんが見つけたなにやら化石のような平べったい円盤。凪子によれば、それは〝スカシカシパン〟と呼ばれるウニの一種の殻だそうで、まるで古代遺跡からの発掘物のようでもある自然の造形が注目を集めた。

その後、クラフト体験に移った。まずは凪子の作品を紹介すると、驚きの声が上がった。凪子が手がける浜辺の漂流物を使ったクラフトアートは、ここ一年でずいぶんと進化している。それは近くにいる文哉でさえ目を見張る勢いだ。

「この流木を使った写真立て、素敵ね」

「このシーグラスでつくったランプシェード、まるで教会のステンドグラスみたい」

直接感想を聞いた凪子は照れくさそうだが、うれしそうだ。会った当時はのっぺりとしていた表情が、じつに豊かになった。

「それでは、凪子先生、よろしくお願いします」

文哉が声をかけ、今拾ってきたばかりのタカラガイを使ってのストラップづくりがはじまった。

「でもなー、六人だけの参加じゃ儲からねえだろ」

ビーチコーミングに同行した和海は言うが、その顔はゆるんでいる。心配していた凪子が立派に役目を果たせたからだろう。

「そうですかね」

　文哉が反論した。「参加費は大人ひとり三千円、子供千円だから、合計一万六千円の売上になります。正味約三時間ですよ」

「で、凪子の取り分は？」

「九千円です」

「時給三千円かよ。そりゃあ、高すぎる」

「センセイですよ。凪子ちゃんがいなくちゃ、はじまらないんですから。むしろ安いくらいです」

　文哉の言葉に、横にちんまり座った彰男が小さくうなずく。

「まだ第一回目ですからね」

　文哉は苦笑しながら続けた。「それに、ツアーに参加してくれた方たち、帰りがけにこの店で買い物をしてくれました。凪子先生のアクセサリー、かなりの人気です。ツアーの売上だけじゃなく、波及効果が現れてます」

「そうかい、ならいいんだが」

「彰男さんにも、いずれ先生になってもらいますから」

「え、なんでおれが？」

「草の葉染め教室です。ぜひやりましょうよ」

「いや、おれは人前に出るの苦手だし」

「――ったく」

和海がため息をつく。「ものをつくるやつってのは、なんでこうもめんどくさいのが多いんだろうな」

「だから彰男さん、店番で人と接する練習をしてください」

「まあ、それは引き受けてもいいけどさ」

「よろしくお願いします」

文哉は頭を下げた。

「おまえも下げろや」

和海が舌打ちし、彰男をにらんだ。

36

その夜、文哉は寝る間を惜しんでチラシづくりに没頭した。南房総を訪れる人が年間でいちばん多いのは、まさに今。海水浴、磯遊び、マリンスポーツ。自治体や観光協会、商工会議所などによる、花火大会や地引き網など、さまざまなイベントが催される。

だとすれば、そのなかに多くの別荘族も含まれる。この機会は絶好のビジネスチャンスだ。そういう人たちに向けて、別荘管理の案内をしてみようと思い立ったのだ。

チラシには、これまでの実績や実例についても紹介した。現在九戸との契約を結んでいるが、個人での請負であるため、あと十一戸との契約を募集することを明記した。

もし二十戸との契約を結べれば、月五千円の基本契約料だけで、年間百二十万円の収入となる。ネットでは、大卒の平均年収は二百五十万円前後とあった。それと比べれば半分以下だが、入ってくるのは基本契約料だけではない。別荘管理に関するその他のオプションサービス料や、まだはじめたばかりだが、「あんでんかんでん」の売上だって少しは見こめるだろう。

それに、お金がすべてではない。

そのことには、すでに気づいている。今実感しているのは、時間が、お金や幸せをもたらす、ということだ。時間、あるいは、余裕といってもいい。考える時間があるからこそ、今こうして仕事を増やし、暮らしていけているのだ。

午前四時過ぎ、空が白みかけた頃、チラシができあがった。文哉はそれを手に、この近辺にある、別荘と思しき家のポストに入れてまわった。

最後の一枚を投函したあと、心地よい疲れを感じながら、ビワ山に昇っていく太陽をしばし眺めた。

37

懇親バーベキューパーティー当日、心配していたことが現実になった。

数日前から風が強く、海が荒れていた。いつもより高い波はサーフィンにはもってこいだが、その影響で期待していた海の幸の調達がむずかしくなった。中瀬を介して、潜水漁師の秀次さんにイセエビやアワビ、サザエを頼んでいたのだが、漁に出られず。寺島は少々無理をしてボートを出してくれたらしいのだが、不漁に終わったと聞いた。どうしたものかと、この日、彰男が染めたTシャツをわざわざ着用した文哉は悩んだ。

「だったら、陸（おか）のもんでいくべ」

言ったのは、中瀬の奥さん、栄子（えいこ）だ。

前回の「芳雄さんを偲ぶ会」の際、台所を取り仕切ったのが栄子であり、このあたりの婦人会のリーダーでもある。

「いや、南房総に来てくれたお客さんには、やっぱ海のもんだべ」

潜水漁師の秀次さんの奥さん、元海女の波乃（なみの）も黙っていない。

ならば人数も多いから、鍋にしよう、との流れらしい。

――この暑いのに。

文哉は心配したが、ここは台所を任せる婦人方に託すしかなさそうだ。

用意されたのは、ふたつの大鍋。

ひとつはなにやらスープの色が赤い鍋だ。まさか、火鍋とかいう激辛の鍋だろうか。食べる前から文哉の額から汗が一筋たらーりと流れた。

そしてもうひとつは、味噌仕立てらしき鍋。だが、未完成だという。

日除けのタープを張り巡らせ、物置小屋にあるテーブルや椅子をあるだけ並べた、会場である文哉の家の庭は、早くも地元の人、別荘の滞在者たちでごったがえしている。「あんでんかんでん」のほうにも人が集まっている。店番は、出品者である彰男と凪子に頼んでおいた。

じつは別荘管理の案内チラシをポストに投函後、数軒からさっそく連絡をもらった。一軒は、ポストにチラシを入れるなというクレーム。あとの二軒は、一番下に書き込んだ、地元の人と別荘契約者のための懇親会の案内についての問い合わせだった。交流の場であり、ぜひ遊びに来てください、と文哉は答えた。お祭りのようなものですから、と。

司会進行は、前回と同じくこういう場に慣れたテラさんこと寺島に任せた。

「えー、昨年五月、この地で別荘管理を営んでいた芳雄さんが亡くなり、この場所で彼を偲ぶ会を開いたわけですが、早いものでもう一年が過ぎました。本日は、芳雄さんを偲ぶことはもちろんですが、その遺志を継ぎ、別荘管理を続けて約一年が経った息子の文哉君を囲んで、地元の人たちと別荘を持つ者がさらに交流を深め合えたらと思います。せっかくの機会ですから、今日は大いに食べて、そして飲んで、楽しみましょう」

ハイビスカス柄のピンクのアロハで決めた寺島がにこやかに宣言した。

「いいぞ、テラさん！」

梅本さんの夫が合いの手を入れる。

「――そんじゃあ、乾杯！」

地元の代表、中瀬の発声に合わせて、出席者が杯と共に声を上げる。

拍手がわき、食事をとりながらの歓談に移った。

前回、食事を遠慮する人も見受けられたので、今回はその反省を踏まえ、基本的にはテーブルに並べた惣菜(そうざい)を自由にとってもらうバイキング形式にした。

赤いスープの鍋の正体は、幸吉が育てた夏野菜をふんだんに使った〝トマト鍋〟だった。色合いも鮮やかで、食欲をそそる。

そして未完成だったほうの鍋は、仕上げに大量の氷が投入された。

「なんですかこれ？」

思わず文哉が尋ねた。

「夏はこれさ。漁師の冷や汁」

元海女さんの波乃が答えた。「味噌仕立ての汁に、アジやらの干物のほぐし身、手で千切った木綿豆腐、輪切りのキュウリ、千切りにした青ジソやミョウガを入れる。ちなみに、キュウリや薬味は幸吉さんの畑のもん。これをご飯にぶっかけて食べるのさ」

「なるほど。食が進みそうですね」

「そうね、夏には最高よ」

中瀬がさらさらと箸でかきこみながら言う。

「なにあんたは冷や汁の宣伝してんだい。こっちも食いな」

かみさんの栄子ににらまれ、中瀬はトマト鍋もよそった。

「いやあ、このスープ、野菜のうま味がえらく出てて濃厚だね」

「スープもいいけど、入ってる野菜がどれもおいしいわ。とくにこのナスが肉厚なのに、出汁がしみこんでトロトロなのよね」

梅本さん夫婦が絶賛する。トマト鍋も人気だ。

「これぞ、農家メシであり、漁師メシだな」

寺島が唸った。

ゆらゆらと煙が立ちのぼっている下には、人集り(ひとだかり)ができている。バーベキューコンロで朝採れのトウモロコシを和海が焼いているのだ。香ばしいにおいがあたりに立ちこめている。並んだテーブルには、地元の人が持ち寄ってくれた、煮物や漬物などの多彩な惣菜が並んだ。

そんななか、別荘族の年配者に人気を集めたのが、意外にも幸吉がつくってきた料理だった。それはなんと、キュウリの煮物だ。少し育ちすぎた太めのキュウリをカツオ節と醬油で煮ただけらしいが、「冷めていてもおいしいのよ」と永井さんも絶賛している。

幸吉は照れくさそうに、「死んだばあちゃんの得意料理さ」とつぶやき笑った。

チラシを手に初めて顔を合わせた別荘所有者の家族も、寺島や東さんらのテーブルで話の輪に加わっている。別荘族同士での情報交換も、ときには必要になるだろう。

男の子は、この日のために和海が捕まえてきてくれたカブトムシやクワガタを手にはしゃいでいる。女の子には、凪子が用意したシーグラスを使った、即席のペンダントづくり体験が人気だ。彰男は、草木染めのやり方を実演しているが、そこには子供ではなく、年配のご婦人方が集まっている。

会の途中で、寺島から指名を受け、文哉が挨拶に立った。かなり照れくさく、勧められた酒も少々入っていたが、これは仕事でもあるのだと下腹に力を入れた。

「なんとかこの一年乗り切ってこられたのは、ここにいるみなさん、そしてこの海が見える家を遺してくれた、父のおかげです。今後は、地域のみなさんのご理解とご協力を得ながら、別荘管理のサービスをさらに充実させ、リニューアルオープンした店、えー、地元ならではの工芸品や産物なら、あんでも取り扱うという意味で『あんでんかんでん』という名前にした店を、がんばっていきたいと思っています。これからもどうぞよろしくお願いします」

深く頭を下げると、思いがけないほど盛大な拍手を浴びた。

「で、文哉君、将来の目標は？」

寺島がすかさず声をかけてきた。

「え、目標ですか？」

「おう、夢でもいいぞ」

その声は中瀬だ。

「——そうですね」

文哉は苦笑いを浮かべながら、ここ最近考えていたことを口にすることにした。

「まず、目標は、父よりも長生きをして、ここで楽しく暮らすことです。それと、夢は、父が果たせなかったことですかね」

「それって？」

和海が問う。

「父が亡くなってから、遺品整理をしていて見つけた本があるんです。それは、会社設立についての実用書でした。父はここで起業し、ゆくゆくは会社にしたかったのではないかと思っています」

「ほおー、なるほど」

「はい。だから夢は大きく、会社設立にします！」

文哉は半分冗談で、受けを狙ったつもりだった。

だが、一瞬の静寂のあと、さらに大きな拍手がわいた。それは冷やかしなどではなく、心のこもった激励だった。

「よっ、社長！　おれも雇ってくれ」

和海の声がし、笑いが起きる。

「文哉さんなら、できるわよ」

永井さんの声が聞こえた。

なぜか鳴きやんでいたセミまでそこでけたたましく声を上げ、また笑いが起きた。

今回の懇親会に尽力してくれた人物として、寺島、中瀬、和海、多くの野菜を提供してくれた幸吉、そしてクラフト作家の凪子と彰男の名前を挙げて、文哉が紹介した。

彼らにもあたたかな拍手が送られた。

会場には、凪子が手がけたアクセサリー、それに彰男がビワの葉で染めたスカーフを身につけた来訪者の姿もあった。それを見た彰男は感極まり、「すごくうれしいです。文哉君のおかげです」と言って涙ぐんでいる。

「凪子もそうだが、彰男もよかったなあ」

うれしそうに中瀬が目を細める。

彰男の母、信子も涙を浮かべている。

さらに文哉は、今日の料理に使われた野菜は、すべて自然農法で育てられたものだと紹介した。自然農法については、本を読んで自分なりに勉強した。知らない人がほとんどだろうと踏んで、有機農法とのちがいについても触れた。この説明には、健康志向である永井さんや寺島ら高齢の方々がいたく興味を示してくれた。

「今日料理に使った野菜は、今後も『あんでんかんでん』のほうで扱わせてもらうつもりですので、ぜひ手に取ってみてください。よりおいしく安心して食べていただけると思います」

文哉は自分でも信じられないくらい、大勢の人の前で自信をもって話ができた。大学時代は、絶対に自分は営業には向いていないし、できないと思いこんでいたのが嘘のようだ。

再び盛大な拍手が起こり、胸がじんとした。思えばこの会は、自分を励ましてくれる人たちの集まりでもあるのだ、と気づかされた。

海が荒れ、アワビや伊勢エビといった贅沢な海の幸は提供できなかったが、近所の人たちの協力のおかげで、よそ行きではない、地元ならではの心づくしができた。参加者の顔を見れば、この時間を楽しんでくれていることを素直に実感できた。

挨拶を終え、しきりに酒を勧められているとき、和海から肩を叩かれた。

「おい、東京からお客さんらしいぞ」

酒で火照った顔で首を振ると、家の前の路上に白いワンピースを着た女性が、海のほうを見て立っていた。

髪を短くしていたが、後ろ姿でだれだかわかった。

振り返った美晴は、やや緊張した面持ちで文哉と目を合わせた。日に焼けていないせいか、どこか顔色が優れないようにも見える。思い詰めたような目をしていた。

文哉はテーブルのあいだを縫うようにして美晴のもとへ歩み寄った。

「いつこっちに来たの？」

「――昨日」

「連絡してくれればよかったのに」

「ここに来るかどうかは、迷ってたから」

美晴は坂道をゆっくり下りはじめた。素足に白のパンプスを履いている。

「どこに泊まってるの？」

「大房岬にあるホテル」

美晴は答え、続けた。「たしかめたかったのかもしれない」

「なにを？」

「ここがどんなところなのか」

文哉はその質問の意味がよくわからないまま、「よかったら参加してよ。地元の人と別荘の人との懇親会なんだ」と言ってみた。

「あのオレンジ色の家が、文哉君のお父さんの？」

「そうだよ。おれがペンキを塗ったんだ、こっちで世話になってるカズさんと」

文哉は笑ってみせたが、美晴の口元はゆるまなかった。

「たしかに、海が見えるんだね」

美晴の声には力がない。

「こっちには、ひとりで来たの？」

美晴は小さくうなずいた。「パーティー、すごく盛り上がってたね」

「そう見えたのなら、うれしいけど」

「――立派な挨拶だった」

「え、いつからここにいたの？」

思わず立ち止まりかける。

「あなたが挨拶に立った頃から」

「そんなに前から」

「駅前の喫茶店で尋ねたら、あなたのことを知ってた。知り合いで東京から来たと言ったら、すごく丁寧に道順を教えてくれたの。結局、タクシーで来たけど」

「ああ、田舎の狭い世界だからね」

文哉は苦笑した。「ところで、ここにいつまでいるの?」

「明日まで」

「だったら、明日案内させてよ。せっかく来たんだからさ」

「次の日から仕事だから、明日はあまり遅くならないうちに帰るつもり。突然来たし、無理しなくていいよ」

「問題ないって。じゃあ、明日の朝、ホテルまで車で迎えに行く」

美晴は小さくうなずいたようにも見えたが、はっきりとは答えなかった。

「じゃあ、明日」

文哉はもう一度声をかけ、坂を下りていく白いワンピースを見送った。

38

「それでは、みなさまのご健康とご多幸を祈念いたしまして、お手を拝借――」

中瀬の一本締めで懇親会は終わりを告げ、参加者が帰途につきはじめる。

そんななか、突然文哉を訪ねてきた者がいた。六月末で契約解除となった別荘、植草邸を相続した息子だ。見たところ三十歳過ぎの小太り。濃いサングラスで目もとを隠し、鼻の下に髭を生やしている。

植草はやって来るなり、文哉の仕事がなっていない、とクレームをつけてきた。家を売りに出す際、庭の草刈りを頼んだ件だという。たしかに文哉は二ヶ月分の管理費の残高一万円で、その仕事を請け負った。

「おれがここに来ないと思って、手を抜いたろ」

「ちょっと待ってください」

「言い訳なんか聞きたくない。今すぐ庭を見に来い。草ボーボーじゃないか。そのせいで、家の買い手がつかない。どうしてくれるんだ」

そんな植草と文哉との不穏なやりとりに、居合わせた人たちが聞き耳を立てた。

「ですけどね、植草さん、あれは七月のはじめのことでしたよね？」

文哉は冷静に反論した。「今は、八月中旬ですよ」

「それがどうした」

「では、少々お待ちください」

文哉は仕事部屋として使っている父の元書斎からノートパソコンを持ってきて、縁側で画像データを開いた。

「こちらが、七月五日の植草邸の庭の様子です。草を刈る前になります。ごらんのように、朝から雨が降っていました」

見やすいようにパソコンの画面を植草のほうへ向ける。

画像の雨に煙る庭には、草丈五十センチくらいの、いわゆる雑草が生え放題になっている。クワなどの雑木も生えてしまっている。駐車スペースのコンクリートの隙間からのびているのは、今はそれが酸性の土壌に多く生える、春にはツクシを出すスギナだとわかる。こいつが生えている土地では、ホウレンソウは育たない、と幸吉から教わったばかりだ。

「それから、こちらが手入れ後の画像となります」

文哉がマウスをクリックする「カチッ」という音が鳴る。

植草の後ろから、肩越しに和海がパソコンの画面をのぞきこんだ。

草を刈ったあとの画像は、うっすらと地面が見えている。奥に写っているのは、草に覆われて隠れていたレンガの山、そして裏返されたボートも写っている。

「いかがでしょうか？」

「これって、いつ撮った画像？」

「どちらも雨が降ってますよね。同じ七月五日になりますが」

「信じられないね」

植草は右手を払うようにした。「だったら、なんで庭があんなことになってんだよ」

「――あんたな」

和海が後ろから声をかけた。「さっき管理人さんが言ったように、今は八月中旬なんだぞ。その間、梅雨で雨続きだった。それともあんたは、植物が生きてることも知らねえのか？」

「な、な、なんですか、あなたは？」

のけぞった植草の声が震えた。

「兄ちゃん、どっから来た？」

野球帽のつばを持ち上げた中瀬が立ち上がる。

「東京ですけど」

「あれか、今日日の東京じゃ、草も生えねえのか？」

「いや、ですから私は、初めて今日ここへ来て不審に思ったんですよ。なんで家が売れないんだって。その原因のひとつが、やっぱり草がのびてる庭じゃないかと思いまして」

植草の口調が変わった。

「雨の降るなか、管理人さんは草を刈ってくれたんだぞ。それでも不満なら、自分のその手でやったらどうだ」

和海が静かに凄んだ。

「まあ、ちょっと待ってください。単なる誤解のようですから」

文哉はその場を収めるために、わざと明るい声を出した。

「この管理人さんはね、すごくよくやってくれてる。だから私たちも安心して任せてるわ」

そう口を挟んだのは、明日ここを発つことになっている、東さんだ。先日、水洗トイレの水が貯まらないと連絡を受け、タンクのなかを調べ、正しい水位になるように調整した。この夏も文哉が散歩に連れていった飼い犬のビーグルが、植草に向かって激しく吠えた。

「なんでこの家には、こんなに人が集まってるわけ?」

怪訝そうな顔で植草が尋ねる。

「あんでんかんでん」の店内では、店番に入っている彰男が笑顔で客と立ち話をしている。懇親会のあとも出しっぱなしになっているテーブルには、中瀬や和海のほかに、寺島の姿があった。みんなが飲んでいるコーヒーは、中瀬が道具を一式持ちこんで淹れたもの。コーヒー豆は寺島のハワイ土産らしい。

「さあ、みなさん、ひまなんでしょうね」

文哉は首をひねり、口元をゆるめた。

植草は理解不能を示すように、首を横に振った。

「ですから電話で言ったじゃないですか、一度こっちに来てみてはどうかと」

「あいにくこの人たちみたいに、ひまじゃないんでね」

植草が声を抑える。

「東京では忙しいことが、誇れることだったりしますもんね。でもここでは、忙しいという言葉はあまり聞きません。自分の使える時間をもってることのほうが、信頼されるというか。だからちょっと無理して、ひまを装っている人もいます。なにか頼まれたら、『忙しい』と答えるより、『ああ、ひまだけど』と答えるほうが、かっこいいじゃないですか」

「なんだよそれ」

植草は力が抜けたように背中をまるめ、サングラスを下にずらした。

文哉はもうひとつ、ここで暮らして気づいたことがあった。田舎で生きる者は、漁師や農家など、自営業の者たちが少なくない。そういった人たちは、自分の考えや主張を持っている。ためらいなくそれを口に出す。それは、自分を守るのは自分しかいない、という防衛本能なのかもしれない。今にして思えば、素潜りをしていた文哉にケチをつけてきたあの漁師にしてもそうだ。

「まだ売れないいんですか、別荘のほうは?」

文哉は尋ねてみた。

「駅前の不動産屋の社長に会ってきたけど、もうひとつ頼りにならない」

「急いで売る必要でもあるんですか?」

「いやまあ、そんなこともないけどさ」

植草はそこで言葉を濁した。

「でしたら、ご自分で別荘として使ってみたらどうです?」

いやいや、それはない、と植草は右手を振り、その言葉を退けた。「あ、そうだ。この画像に写ってる庭のレンガと古いボートなんだけど、処分できないかな?」

「レンガは引き取りますよ。このボートですが、使わないんですか?」

「船舶免許なんて持ってないし、どうせ雨ざらしのオンボロだろ」

「処分でしたら、仕事としてお引き受けしましょうか」

文哉はとりあえずそう言ってみた。

「いくらかかるの？」

「ボートの処分には、手続きが必要になるよ」

そこで口を出してきたのはボート所有者である寺島だ。「このボート、ここに登録証が貼られてるでしょ」

寺島がパソコンの画像を指さし、ボートを廃船にする場合の届け出について説明をしてくれた。「まあ、手続きには手間も金もかかるってことだね」

「そりゃあ、めんどうだな。やっぱり、全部任せるわ」

その言葉を引き出した寺島が、文哉にウインクをしてみせた。

「では、処分方法はこちらに一任する、ということでよろしいですね？」

寺島の仕草の意味を理解した文哉は、植草の目を見て念を押した。

「けっこうです」

「承知しました。ありがとうございます」

文哉がそう言ったのは、ボートを処分せず、もらい受けるつもりだったからだ。

「ところで、草刈りのほうはどうします？　ご自分でやってみますか？」

「冗談じゃない」

植草は首を強く横に振り、「あの家が売れるまで、やっぱり管理のほう、あんたにお願いできないかな」と言い出した。

「再契約ということですか？　基本的には一年契約になりますが」

「売れたら、途中解約してくれるだろ」

「はい、それは……」

文哉は思いついて言ってみた。「ただ、新規の契約には一万円かかります」

植草は小さく舌打ちしたが、「しかたない、それでお願いするよ」と答えた。

「それが賢明でしょうな。管理人さんに任せるのが」

そう言って寺島は、中瀬たちのテーブルにもどっていった。

「それにしても田舎っていうのは、めんどうくさい世界だな」

植草が何気ない感じでつぶやいた。

「たしかに、そうかもしれませんね」

文哉は同調してみせた。

「え、あんたはこっちの人間だろ？」

「ここで暮らしはじめて、まだ一年ほどです」

「そうなのか。それにしちゃあ、こっちの人間とうまくやってるみたいじゃない」

「そう見えるとしたら、ありがたいです」

文哉は頭を下げた。

就職したばかりの自分であれば、おそらくこうはいかなかっただろう。これまで自分は他人に対していつも身構えていた。その硬さが相手に伝わってしまい、うまくいかないことが多々あった気がする。

　要するに人当たりがわるく、不器用だった。でもそれは個性であり、しかたないことと半ば開き直っていた。そんな弱さと向き合うことを避けてきた。だから営業も向かないと思いこんでいたし、やる気もなかった。でもそのままでは、損をするのは結局自分自身なのだ。そう思えるようになった。

「ところで植草さん、別荘のことですが、よい値で売れないようなら、別のやり方を試してみたらいかがですか？」

　文哉は思い切って提案してみた。文哉の印象では、植草は少々軽率な部分はあるが、悪人とまでは思えない。

「別のやり方って？」

「たとえば、貸別荘にするとか、思い切って民泊として活かすとか？」

「――え、なんだって？」

　植草はおもむろにサングラスを外し、文哉をまぶしそうに見つめて目をしばたたかせた。

39

午後八時過ぎ、懇親会の片付けがようやく終わった。

会費を無料にしたせいか、参加者からは芳雄の一周忌の香典としてお金を包んでいただいた。たしかにお金は使ったが、この日のために用意した「あんでんかんでん」の棚の商品は大方売れてくれたし、結局、収支はかなりの黒字になった。なにより、参加者の「楽しかった」「またやってちょうだいね」という言葉がうれしかった。

片付けをしている最中、何度か中瀬と寺島から携帯電話に連絡が入っていた。

「行ってこいよ、そういう付き合いもおまえには必要かもしれん」

和海に言われ、戸締まりをすませた文哉は館山へ向かった。

初めて訪れた館山の渚銀座商店街は、駅の西口から北条海岸に向かって続いている。文哉は、先に飲んでいる中瀬らに指定された店で合流した。それほど広くはないスナックの店内は、懇親会に参加した面々でほぼ貸し切り状態。小さなステージで潜水漁師の秀次が気持ちよさそうに演歌を歌うというより、がなり立てている。

文哉はカウンターのいちばん端、中瀬の隣の席に座り、ウイスキーの水割りを頼んだ。中瀬の横には寺島が座っていた。五十歳を優に過ぎている店のママさんは台湾の人らしく、テレサ・テンの歌がうまかった。

「――しかしまあ、驚いたわ」

中瀬が声をひそめ、寺島に耳打ちする。

「それって、ほんとの話かい？」

「しかも、ママだっていうからさ」

「ふーん」

寺島が信じられないといった感じに鼻を鳴らす。

「どうかしたんですか？」

文哉は二人に問いかけた。

一瞬二人は顔を見合わせたあと、中瀬が話しはじめたのは、例の芳雄のノートパソコンに遺されていた画像の女性、ここ渚銀座の店を辞めて消えたというカレンについてだった。最近、彼女がこの界隈で店を出した、というのだ。

中瀬が腕時計をちらりと見る。

「ここから近いのかい？」

寺島が尋ねると、「目と鼻の先さ」と中瀬が顎を小さく振った。

午後十時過ぎ、にぎわうスナックを三人で先に出て、カレンの店へ向かった。念のため、自分が芳雄の息子であることは伏せておくよう、文哉は二人に頼んだ。

先月オープンしたという店のシックな黒い看板には「フィリピンパブ　歌恋」とあった。

恐る恐るといった感じで、中瀬が白い扉のドアノブを引く。乾いた鈴の音が鳴ったかと思うと、磨りガラスの入ったついたての向こうで黒い影が動き、少し遅れて「ラッシャイマセー!」とやや音程の外れた女性の声がした。

その明るい声の主こそ、噂のカレンだった。

文哉が予想していたよりも若々しく、中瀬をはじめ、客に人気があっただけのことはある美人で、日本人に足りない陽気な一面をすぐにのぞかせた。

「どうしてたのー、カレン?」

中瀬がくだけた調子で尋ねると、「ナカちゃんこそ、どーしてたのー? 先月オープンだよ」と頰をふくらませて言い返した。日本語がかなり達者だ。

寺島が、視線を泳がせている文哉を紹介すると、「若いね」とか「いい男ね」などとカレンがさかんに持ち上げた。この手の店でのリップサービスとわかっていたが、正直、気分はわるくなかった。

さっきのスナックよりさらにこぢんまりとした店内には、ほかに客はひとりしかおらず、別のやはり外国人らしき女性がテーブルについていた。

こっちのテーブルでは、主に中瀬が質問を発し、隣で脚を組んで座った、短い黒のワンピース姿のカレンが答え、向かいの席の寺島と文哉は聞き役にまわった。

店をオープンするに至ったこれまでの経緯について中瀬が尋ねるのだが、カレンはのらりくらりとかわし、ネイルをした指先を見つめたり、頼んでもいないシャインマスカットを運んできては、笑顔を振りまいている。

「そうかあ、カレンもママさんになったのかあ」

中瀬が感慨深げに漏らしたとき、「芳雄さんにも来てほしかったよ」とカレンが父の名前を口にした。

「でもさ、よくそんなお金があったね？」

中瀬がそこだけ声をひそめた。

「そりゃあ、がんばったよー」

「もしかして、だれかに資金援助してもらったとか？」

「それはない」

カレンは短く答えるにとどめ、それ以上、中瀬もつっこめない。

「――そういえばさ」

中瀬が話題を変え、それとなく尋ねた。「芳雄さんの娘さんと、カレンは会ったことあるの？」

「娘さん？」

「そう、宏美さん」

中瀬が「聞いてもいいよな?」という目配せを文哉に送ってくる。

文哉は小さくうなずいた。

「会ってないよ。芳雄さん、バツイチ、知ってた。でも子供の話、あまりしなかった」

「そうなんだ」

寺島がつぶやくと、中瀬が、「芳雄さんに、なにか相談に乗ってもらったの?」とつっこんだ。

「芳雄さん、やさしい。わからないこと、教えてくれたよ」

「たとえば、どんな?」

「私の息子のこと」

カレンもまたバツイチで、子供がひとりいるのだと、中瀬が解説を挟んだ。

「息子、反抗期、私わからない、どうすればいい?」

カレンがグラスに小指を立て、寺島がご馳走したワインをひと口飲む。「芳雄さん、子供はだれでも親に反抗する。それしかたない。見守るしかない。そう言ってた」

「――そうかい」

寺島が弱くうなずく。

「芳雄さん、がんばれって、いつも応援してくれた」

カレンの声が湿った。「この店やろうと思ったとき相談したら、やめる店のママとうまくやるように言われた。ちゃんと話せって。喧嘩はするなって。でも、うまくいかなくて、芳雄さん、あいだに入ってくれた」

「まあ、そういう人だったよな」

中瀬が首を折るようにして、うなだれた。

どんなに怪しげな店かと思ったが、彼女の店は言ってみれば、さっきまでいたスナックとあまり変わらなかった。客を接待する位置が、カウンターの向こうから、隣に移動しただけのような気がした。服装こそ肌の露出の面積が増えてはいたものの。

「失礼ですが、おいくつですか?」

文哉は初めてカレンに尋ねた。

「ほんと失礼だよ、女性に年聞くなんてさあー」

カレンはルージュを引いた口をとがらせ、「なんてね、三十二歳でーす」と答えた。バツイチで息子がひとり。日本人に騙されたと笑いながら、その息子の写真を携帯電話の画面で文哉に見せてくれた。

カレンは店を持つまで、昼も夜も働いていたそうだ。昼はお弁当屋さん。夜はホステスとして。フィリピンの実家には毎月五万円を送り、その上で毎月かなりの額を貯金した。送金は、今も続けているとのこと。それが母国ではあたりまえのことらしい。就職をした頃の文哉は、自分の境遇を呪うように生きていた。高度経済成長期、バブル時代を謳歌した世代と比べ、自分たちはなんて惨めなのか、と。比べるのは、いつもこの国の人間とだけ。ほかの貧しい国や人たちのことなど眼中になかった。そして、百歳まで生きなければならないかもしれない未来に、恐れすら抱いた。

でもこうして、若いうちから異国の地へやって来て、言葉を覚えて働き、三十二歳で店を開く人もいる。それがどれだけの努力の上に、あるいは工夫の上に成り立っているのかは、正直わからない。危ない橋を渡ったこともあるのかもしれない。ただ、国を離れた彼女には、自分の使命と目標、あるいは夢があったにちがいない。

短いスカートから出た脚は細く、華奢なからだつきではあるが、彼女を見ると、強いな、と素直に思える。それでいて彼女は明るい。文哉のなかに、負けてなどいられない、という気持ちがふつふつと湧きあがってくる。

もっとできることをやろう、と。

自分も野心を持つべきなのだ、と。

もしかしたら芳雄は、そんな働き者で明るいカレンに惹かれたのかもしれない。

「――芳雄さんのことなんですが」

文哉が尋ねようとすると、中瀬と寺島の視線を感じた。

それでも文哉は質問することにした。「二人でデートをしたことはありますか？」

「おいおい」

中瀬が口を挟もうとする。「酔ったのか？」

「芳雄さんとデート？」

カレンの口元がゆるむ。「あるよ。海に連れてってもらった」

「なんだ、海かよ」と中瀬が漏らす。

「そうですか」

「春だったね、一緒に花を見たよ」

「どこでよ？」

中瀬の口調が憮然（ぶぜん）とする。

「ほら、フラワーラインの？」

「花といえば、ポピーランドかい？」

寺島が顔を上げ、尋ねる。

「そう、そこで芳雄さんと花摘みした。芳雄さん、オレンジ色の花ばかりたくさん摘んだ」

「オレンジ色の？」

文哉が思わずくり返す。

「そう。だから私、どうしてって聞いたよ。でも答えてくれなかった。それからすぐ近くの海に行ったよ。風が強くてさあ。そこで芳雄さん、せっかく摘んだそのオレンジ色の花、海に全部流した。私驚いて、なんでそんなことするって怒ると、芳雄さん、昔好きな人がいて、その人とよくここへ来たって。でもその人、どっかにいっちゃったって、言ってた。ほんとかどうかは、わかんないけど」

カレンはそこまで話すと、「もう一杯ごちそうになっていいですか？」と笑顔をつくる。

「さっき飲んだばっかじゃないかよ」

中瀬がやけ気味に答えた。

文哉が、乗り捨てになっていた芳雄のオレンジ色のステーションワゴンを見つけたのは、バス停の「ポピーランド前」近くの海へ続く松林に囲まれた道の途中だった。カレンの話が本当であるならば、芳雄が亡くなったのは、若かりし頃、夕子とデートをした場所だった、ということになる。

あの日、芳雄がその場所へ赴いたのは、サーフィンをするためでも、流木を拾いに行くためでもなく、夕子に会いにいったのかもしれない。二人の思い出の地へ。

文哉は胸にこみ上げる感情を抑え、「カレンさん、どうぞ飲んでください。僕がおごります」とつい口にしてしまった。

「ありがとー、やさしい人、私好き」

グラスを手に立ち上がったカレンが投げキスを送ってきた。

そんな出来事が父にあったことは、もちろん知らなかった。

この地で芳雄は、芳雄なりに幸せを探しながら、きっと懸命に生きていたのだ。

文哉はあらためてそのことを思い知った。

40

翌朝、庭のテーブルで海を眺めながら朝食をとっていると、美晴からメールが着信した。

「帰る前に、できれば海で泳いでみたい」

そんな美晴のリクエストに応えるため、二人分の潜水用具、パラソル、クーラーボックスに飲み物を用意して大房岬にあるホテルへ迎えにいった。

国立公園である大房岬のビーチで泳ぐ手もあったが、あえて別の海岸へ向かった。

「ねえー、なんでこんなところ？」

美晴はタンクトップから露出した両肩を抱くようにして怪訝な表情をつくる。

行く手を夏草が遮るたびに、文句をつけながらも、美晴は岬の森に続く小径をついてきた。

今日の最高気温は三十℃を超える予報が出ていた。午前九時前だというのに、高い位置からセミの声がシャワーのように降り注いでいる。すでに文哉のTシャツの胸元は汗染みができていた。

「この先に、ほんとに海なんてあるの？」

「もうすぐだって」

文哉が答えたとき、美晴が「えっ？」と声を漏らした。

さっきから文哉には聞こえていた、せせらぎの音が大きくなった。

清らかな流れが、足もとに現れ、進むべき方向へ導くように続いている。水の量が次第に増し、所々に淀みをつくる。名前のとおり細いからだをした瑠璃色のイトトンボが、水面で戯れるように、小さな波紋を拡げる。

「どうしたの？」

美晴がしゃがんだ文哉に声をかけてきた。

「ほら、この水辺に生えてるの、セリだよ」

「セリって、あの春の七草に出てくる？」

「そう、白い花をつけてる」

「こんなところに、ふつうに生えてるんだ」

「野生のセリは緑が濃くて、香りも強くてうまいらしい。おひたしにしたり、根っこは油で炒めて食べられる」

「へえー、知らなかったなあ」

「ここには、沢ガニもいる」

「それも食べたの？」

美晴は顔をしかめてみせた。

「いや、まだ試したことないけど、必要とあらば、ここへとりに来るだろうね」

文哉は答えると再び歩きはじめる。

「――あ、海！」

美晴が木々の葉群の隙間に見える青い海面を指さした。

岬の森を抜け、ユリに似たハマカンゾウのオレンジ色の花が咲いている逢瀬崎（おうせざき）の浜にようやく出ると、小さな入り江になっている場所を選んで、その近くに文哉は荷物を置いた。

「へー、いいところだね」

美晴が額に右手をかざす。

「――だろ」

「でもここって、だれもいないね。青い旗も見当たらないし、泳いでいいのかな？」

美晴が不安そうな目をする。

「どうして？　そんなの自由だろ」

文哉はTシャツを脱ぎ、焼けた肌を晒し、水中メガネを手に、さっそく波打ち際へ向かう。沖に白波は立っておらず、凪いでいる。遠浅の入り江の色は、透明なエメラルドグリーンに近い。

水中メガネを装着し、シュノーケルのマウスピースを咥え、海に潜る。水は透きとおり、海藻のゆらめく海底まではっきりと見渡せる。入り江のなかほどは砂地になっているが、両側は岩場で、そこにはたくさんのへこみがあり、どこの穴にもムラサキウニが収まっている。岩に張りつき触手を開いているイソギンチャクに人差し指を差しこみ、指先をやさしくつかまれる感触を楽しんでいると、砂底の上にチラチラと影が動き、その上に小魚の群れが行き交うのが見えた。

海面から顔を出し、陸に視線を向ける。美晴は開いたパラソルの日陰から、なかなか出ようとしない。

かまわず、沖のほうへ向かって泳ぐと、きらきらと光るものが自分のまわりで跳ねた。それは十センチほどの小魚で、海に潜ると、その数はあっという間に増えていく。

「美晴、早くおいで！」

海面に顔を出し、文哉は叫んだ。

「今、行くから」

　美晴は肩にかけたタオルを取り、白いワンピースの水着になって水中メガネを手にした。白い肌、そして胸のふくらみにどうしても目がいってしまう。少し痩せたような気がした。

　美晴は膝で海水を押すようにして、文哉のほうに近づいてくる。くびれた腰の高さまできたとき、ざぶんと腰をおろし、「うわっ、冷たっ！」と声を上げた。

「水中メガネとシュノーケルをしてごらん」

「待ってよ、せかさないで」

　準備が整うと、美晴は両手を前にのばし、海に顔をつけ、膝を曲げるバタ足で進んできた。

「うわっ、なにこれ？」

　文哉は声を上げた美晴の手をとり、浮かんで横に並びながら泳いだ。

　水中メガネ越しに、それこそ無数の銀色の小魚が通り過ぎていく。どうやら大きな魚に追われ、入り江のなかに群れごと逃げこんできたようだ。

　水中で顔を見合わせると、元気のなかった美晴がガラスの奥の目を見開いている。その目は、「すごいすごい」と言っている。

「イワシだ。こんなのおれも初めて見る」

シュノーケルを咥えたまま水中でしゃべる。

美晴は、文哉の背中に負ぶさるようにからだをつけてきた。

肌と肌が重なり、文哉の股間が反応する。それはひさしぶりに覚えた感覚でもあった。文哉はごまかすように、「くぅーっ」とわけのわからない声を出してごまかした。

たしかにその数は、ふつうではなかった。イワシの群れは右往左往するように、時折方向を変えながら文哉たちのまわりをぐるぐると回る。そのたびに太陽の光を乱反射させ、強く光を放つ。水面から離れると、今度は青く光を放ち、群れ全体が、ひとつの大きな生き物のように見える。

手に取った美晴の左手を離さずに泳いだ。美晴も文哉の手をしっかりと握っている。だれもいない入り江で、まるで神様がくれたプレゼントのような神秘的な光景を二人は目にした。

ほぼ同時に海面に二人で顔を出したとき、ようやく手が離れた。文哉が水中メガネを額の上に上げると、美晴も同じようにした。文哉は犬のように首を振り、海水を飛ばしてみせる。

「——すごかったね」

美晴が笑っている。

「運がいいね」

「ここってほんとに東京湾？　沖縄でもこんなの見られなかった」

その笑顔を見て、文哉も満面の笑みを浮かべた。

去年の夏、美晴は文哉の誘いを断り、会社の同僚に沖縄へ誘われている、と言っていた。詳しい話は聞いていなかった。

入り江の岩場に二人でゆっくり上がると、岩場にできた潮だまりには、逃げ惑ったイワシが飛びこみ、あるいは打ち上げられて跳ね、小さな銀色のうろこをまき散らしている。文哉はその一匹を手にした。

「たぶん、こいつはカタクチイワシだね」

「よくわかるね？」

「ごま漬けにしたのを、地元の人からもらったことがある」

「へーっ、って、なにしてんの？」

文哉は手にしたイワシの頭を犬歯のあたりでかじりとり、親指の爪を使って腹を割いて開いた。

「ねえ、やめてよ」

「なんで？　食うんだよ。これ以上、新鮮なイワシの刺身、味わえないだろ」

文哉は顔の前で尻尾を持ち、かじりとった頭のほうから、まるごと口に放りこんだ。

「うわっ、残酷」

「――うん、うまい」

文哉は日に焼けた顔でうなずいた。

実際、臭みもなく、クセもない。少し小骨があたるくらいだ。

「おれは、こうやってここで生きてきた」

文哉はそう言って海を見つめた。「軽蔑したいなら、すればいいさ。でもね、東京にいたときよりも今のほうが、よっぽど生きている感じがするんだ、おれはね」

文哉は岩の上で跳ねているイワシを再び手にした。

「そういうこと、自分にしかできないとでも思ってるでしょ？」

「なにが？」

「貸して」

美晴は文哉の手からイワシを奪った。

「うわっ、こいつまだ生きてる」

「無理すんなよ」

その瞬間、イワシが海にぽちゃんと落ち、泳いで逃げていった。

「ねえ、捌くのだけやってよ」

「いいけど」

文哉は岩のあいだで動かなくなった別のイワシを手に取り、頭をかじりとって海に噴き飛ばし、親指を使って開き、はらわたをきれいに取り除いて海水で洗った。

それを受け取った美晴は、尾っぽをつまんで目の前でゆらしたあと、意を決したようにイワシを口に入れ、咀嚼（そしゃく）した。

「うーっ、しゃごしゃご言ってる」

美晴は目をつぶった。

「小骨があるからね」

「うーん」

美晴は目を開け、泣きそうな顔で「おいしい」とつぶやいた。

「うまいよね」

文哉はもう一匹食べた。今度は海水に浸してから食べると、塩味が増してさらにおいしく感じた。

「せっかくだから、持って帰るわ」

文哉はイワシを拾い集めはじめた。

「私、誤解してたかも」と美晴が言った。

「なにが？」

「昨日、あのオレンジ色の家には、たくさんの人が集まってた。その人たちの前であなたは、目標や夢を語ってた。それって、すごいことだよね」

「あれは成り行き上、答えただけだからさ」

「だとしても、今の私には思いもつかないよ。起業しようだなんて」

美晴は、思い詰めた目をした。「ごめんね。あなたは、ここへ逃げてきたわけじゃない。ここで強く生きてる。逃げてきたのは、それこそ私のほうだよ」

「いいじゃないか、逃げたって」

文哉は静かに答えた。「だってそうだろ。逃げるって、生き延びるってことなんだからさ」

「あなたは楽な道を選んだわけじゃない」

美晴が言った。「こんなこと、それこそ勇気がなきゃできないもん」

「いや、おれはこれからも自分にとって楽な生き方を選ぼうと思うよ。楽しい生き方をね。なにも人に合わせて、辛い生き方を続けるつもりなんてない。やりたいこと、好きなことのほうが、やる気も出るし、いいアイデアが浮かぶ。なにより続けることができる気がする」

風はオフショア。入り江から少し外れた右手のポイントには、沖からいい波が押し寄せている。

でもこんなときに限って、サーフボードを持ってきていない。

波に乗りたかった。たまらなくサーフィンがしたかった。

それになぜだか、今ならうまく乗れる気がした。

「私、気づくの遅すぎたかもね」

「どうして？」

文哉は言った。「そんなことないさ。気づいたときに、はじめればいい」

「そうかな？」

「たぶんね」

「そっか、そうだよね」

美晴は海を見つめながら、小さくうなずいた。

文哉も沖に視線を置き、同じ景色を眺めていた。


逢瀬崎から家に帰り、交代でかわるがわるシャワーを浴びると、着替えをすませ、美晴を最寄り駅まで送った。

「——お土産に」

別れ際、文哉は砂浜で拾ったタカラガイを手渡した。

「ありがとう。お守りにしようかな」

美晴は受け取った右手をゆっくり閉じ、左手の人差し指をのばし、文哉の唇に触れようとした。

「なにか光ってる」

「え？」

「イワシのうろこ」

　美晴が小さく笑った。

「くれぐれも、おれみたいなことのないようにね」

　文哉は車のなかで話した件について念を押した。自分は後先考えず衝動的に会社を辞めてしまった。それはけっして利口なやり方ではなかった。もっと冷静に、計画的に動くべきだったのだ。今にして思えば。

「それに波っていうのはさ、変わるもんなんだよ。風向きや、風の強さや、潮の流れなんかでね。もちろん最後は、自分自身で判断するしかない。自分にとって、この波はどうなのか。乗るべきか、それともやり過ごすべきか。大切なのは、自分に合った波か見極めることかもしれない。そして勇気を持って、テイクオフすることなんだと思う。たとえ、ワイプアウトしようがね」

「うん、そうだね」

「でも、いい波はなかなか来ない。そういうものでもある」

「文哉もさ……」

「え？」

「いっぱしのサーファーみたいな口をきくようになったんだね」

「いや、それはまだ……」

文哉は自分の頬を右手で撫でまわした。

「なんか、南房総の夏の海を見て、元気でた。来てよかった。じゃあ、行くね」

美晴は、少し厚くなった文哉の胸板にかるくパンチをくれ、はにかむと、改札を通っていった。

そこかしこで鳴き続けるヒグラシの声に重なって、内房線上り電車の到着を知らせるアナウンスがホームに響く。

就職活動を境に、関係が微妙になっていた二人だったが、今までとはちがった時間を海辺で過ごせた気がした。それはこの地だから、実現できたような気がした。

これから彼女がどんな行動をとろうと、文哉はそれを尊重し、見守るつもりだ。美晴の前途が明るいものになるように。

発車のメロディーが鳴り終わり、電車の扉が閉まったあとも、白いワンピース姿の美晴がこっちを見ていた。

文哉は右手を挙げ、それから親指を立ててみせた。

またいつか、ここへ来たくなったら、いつでも来ればいい。そのときはまた、胸を張って会えるように、少しでも日々前に進んでいる感じを覚えながら、海が見える家で暮らしていこう。

車窓に縁取られた美晴の口元が、かすかにゆるんだ。

ゆっくり動き出した電車を見送りながら、文哉はこれから自分がやるべきことを頭のなかに思い描いていた。

41

館山湾での盛大な花火大会など多くのイベントが終わり、土用波が立つ頃になると、別荘地の滞在者が、ひと組、またひと組、南房総に別れを告げた。

八月も終わりに近づいたその日、「あんでんかんでん」に年配の男性が訪ねてきた。浜辺で会った際、文哉から挨拶をし、先日、館山の渚銀座のカレンの店で偶然再会した学者ふうの紳士だ。

あの夜、時間制であるカレンの店には、文哉は一時間だけしかいなかった。先に帰る文哉の飲み代は、一軒目は中瀬が、二軒目は寺島が持ってくれた。

文哉が「歌恋」を出ようとした際、客がひとり入ってきた。その学者のような風貌の七十過ぎの紳士の顔には見覚えがあった。文哉が視線を送ると、「ああ、こないだ海で会った――」ときさくに声をかけてくれた。文哉は先日の礼を口にし、もらった古伊万里と思しき磁器片を使ってブローチをつくったことを手短に話し、財布から自分の名刺を出して渡した。

「ほう、別荘管理の仕事をやってるんですね。それにお店まで」

男は山村と名乗った。

文哉は簡単な自己紹介をすませてから店を出た。

文哉が先に帰ったあと、山村は、「歌恋」に居合わせた客の寺島や中瀬と意気投合し、楽しく過ごした話を店先でしてくれた。

「テラさんや中瀬さんを呼びましょうか？」

「いやいや、そういうつもりじゃなくて」

山村は右手を小さく振る。「あの夜ね、あなたの話が出たんですよ。こんな愉快な人たちが応援してるならと思って、こっちに足を運んだ次第です」

「そうでしたか……」

「なるほどこれですね、流木のオブジェというのは」

「ええ、そうなんです。残念ながら、山村さんに教えてもらってつくった磁器片のブローチは、今は在庫がなくなってしまって」

「へえー、じゃあ、売れたってわけですね」

「ええ、おかげさまで」

文哉は店内を案内した。

しばらくして、庭のほうで「ごめんください」と年配の女性の声がする。その声は永井さんだ。

「あのね、じつはね、お願いがあって来たの」

「はい、なんでしょう？」

「ほら、ここで扱っている野菜なんだけどね」

店先に立った永井さんは、自然農法で育てた幸吉の野菜をいたく気に入った様子で、できれば定期的に東京の本宅に送ってほしいという。

「じつは今ね、ほかの業者に頼んでいるんだけど、便利ではあるけど、本当に安全な食材なのかよくわからないところもあるのよね。それもあって」

永井さんが声を細くした。「どうかしら？」

「もちろんできます」

文哉は即答した。「やらせてください」

文哉にとって願ってもない話だ。

「――あら？」

永井さんが店の奥に目を向けた。

「これはこれは、どなたかと思えば、永井先生の奥さまじゃないですか」

山村が垂れたまぶたの目を見開いてみせた。「ご無沙汰しております」

「あなたの別荘って、このあたりでしたっけ？」

「ええ、私の家はもう少し南になりますけど」

山村は答え、「おや？　もしかして」とつぶやいた。

その視線は、永井さんの胸元、ビワの葉染めのスカーフを留めているブローチに注がれている。

文哉は、知り合いらしき二人にお茶を淹れ、磁器片のブローチがどのような経緯で永井さんの手に渡ったのか、庭の日陰のテーブルで説明してみせた。

「じゃあ、私のしているこのブローチ、もともとは山村さんが浜で拾ったものなわけ？」

「ええ、まあ、そうなりますね」

「道理で、味のある色艶なわけね。でも、これってすごいご縁じゃない」

「いやいや、まったく、世間というのは狭いものですな」

山村もうれしそうに相槌を打つ。

「この店、おもしろいでしょ。いろんなものが置いてあるのよ」

永井さんが恥ずかしそうに口元に手をやる。「なにかお気に召したものでもありました？」

「いやあ、流木がすごくいいですね。それに、あそこに置いてある、古伊万里の蕎麦猪口が気になってましてね」

「え、あれですか?」と文哉が口を挟む。

その品は、少々棚がさびしくなり、穴埋めに文哉が置いた、リサイクルショップで三客まとめて一万八千円で買ったうちのひとつだ。

「この蛸唐草も、かなり古いものらしいです」

文哉は棚から持ってきた。

「そのようですね」

山村が蕎麦猪口を裏返すと、一万五千円の値札が付いたままだった。

文哉は内心「しまった」と思ったが、山村は「ちょっと失礼」と言って、高台(こうだい)のなかに貼られた値札を上手にめくった。そこには文字が焼き付けられていた。

「ほら、ここに陶印がありますでしょ。『冨貴長春(ふうきちようしゆん)』。『冨貴』とは、富んでいて貴いこと。『長春』は、長い春、つまり健康で寿命が長くいられること。とてもおめでたい中国の熟語でして、その言葉が、江戸時代の古伊万里の陶印に使われたわけですね」

「じゃあ、これは本物の古伊万里ですか?」

「おそらくそうでしょう。江戸時代の染付蛸唐草文蕎麦猪口ですね。見たところ、

〝ホツ〟や〝ニュウ〟もない」

「なんですかそれ？」

「失礼。骨董用語で〝ホツ〟とは、小さなカケ、〝ニュウ〟は、小さなヒビ割れのことですね」

「さすがお詳しいわね、山村さんは」

「いや、骨董馬鹿なだけで」

「じゃあこれって、縁起ものよね。このブローチと同じ模様だし、山村さんのお墨付きだし、私がいただいてもいいかしら？」

「どうぞどうぞ」

山村は快諾して笑う。「では、僕はこちらの流木をいただきましょう」

「ありがとうございます」

結局、永井さんは古伊万里の蕎麦猪口を値札の値段で、山村は凪子の流木のオブジェを文哉の言い値で購入してくれた。締めて、二万五千円の売上。

「そうそう、それはそうとね、今日は別荘の管理について話を伺いに来たんですよ」

山村の言葉に、「そうなの。だったら、この人に任せなさい。ほんとによくやってくれるから」

永井さんがすかさず太鼓判を押してくれた。

42

別荘管理の契約更新を翌月に控えた八月下旬、文哉はこれまでの九軒の別荘と無事契約を結んだ。そして、あらためて植草邸、山村邸のほかに、投函したチラシを見て懇親会に参加した近くの三軒の別荘、計五軒と新規契約を結んだ。父の管理契約戸数を初めて超え、契約戸数は計十四軒となった。

さらに館山の渚銀座の「歌恋」の若きママ、カレンから連絡をもらい、客を紹介された。カレンの店には、別荘族がよく訪れるらしい。

なぜカレンが口利きをしてくれたのかは、寺島から聞かされた。店で中瀬が口を滑らせ、文哉が芳雄の息子だということがバレてしまったのだ。カレンとしては、世話になった芳雄の息子になにかしてやりたかったのだろう、とのことだった。

その客の別荘は大房岬の近くで、広い敷地にはプールがあり、屋敷もかなり大きかった。これまで契約を結んでいた管理会社に不満があるらしく、別の業者をさがしていたらしい。管理契約は月三万円、年間で三十六万円の打診を受けたものの、最終的には文哉が個人事業主だとわかると、残念ながら話は立ち消えになった。文哉としてははとても残念だった。

後日、文哉はカレンの店にお礼に行き、自分でつくった名刺とチラシを店に置いてもらう交渉をし、受け入れられた。

朝、文哉は、自分で受粉させ、大きくなった庭の畑のカボチャを二個収穫した。両手で持っては、耳に近づけかるく叩いて音を聞いたり、心地よい重さを確かめたりした。野菜がこんなにも愛しく思えたことはない。それはやはり自分で育てたからだ。

畑の夏野菜がほぼ終わりを迎える頃、幸吉の畑を手伝いながら、文哉は自然農法のやり方を覚え、借りて開墾し直した畑に、幸吉から分けてもらった野菜のタネをまいた。

「まかぬタネは生えねえ」

幸吉はそう口にしたが、それは何事にも言えることだ。

ここへ来て、これまでにはじめたことが、少しずつ芽を出してきている実感がわいていた。

文哉が雑草のあいだに開けた穴にそっとタネを落とすと、その上をずかずかと幸吉が踏み固めるようにしていく。

「いいか、タネっちゅうもんはな、ただまくだけじゃいかん。一手間かけんとな」

踏みつけるのは、タネと土を密着させるため。何事も一手間かけろ、工夫しろ、というのが幸吉の口癖だ。

数日後、ダイコンのタネが発芽した。

続いて、小松菜、ホウレンソウも芽を出し、順調かに思えた直後、関東地方を台風が襲った。南房総の外れの町、豊浦にも少なからず被害をもたらした。

去年の台風の際は、家のなかでじっとしていて、ただ台風が過ぎ去るのを待っていた文哉だったが、今年は天気予報に注意し、なおかつ幸吉の観天望気（かんてんぼうき）に耳を傾け、台風接近の段階から備えに取りかかった。

自分の家や畑だけでなく、契約者の別荘を見て回り、できる対策を講じた。海に近い幸吉の畑へも手伝いに足を運んだ。

「土嚢（どのう）をつくれ」

幸吉に言われ、土嚢袋に砂を詰めこむ。

――が、二回続けて袋を破ってしまった。どうやら砂を詰めこみすぎたようだ。

「おめえは土嚢も満足につくれんのか！」

幸吉に怒鳴られ、呆れられた。

土嚢なんて、これまでつくったことなど一度もない。一瞬そう言い返したくなった。

土嚢を必要とする人生ではなかったからだ。

だが、それを理由にはできない。これまでの生き方が、いざというときに役立たないものだと知った。風雨の強まるなか、文哉はびしょ濡れになりながら作業を続けた。積んだ土嚢を越えて高潮が畑に流れこめば、作物は枯れ、土に塩が染みこみ、今後の野菜づくりにも致命的な影響を与えてしまう。

「――あとは祈るだけだな」

作業を終えた幸吉はそう言い残し、ふらついた足で家に帰っていった。

幸い台風の直撃を免れ、高潮が土嚢を越えることはなかった。だが、文哉の畑の発芽したダイコンや小松菜の芽は、風雨による痛みが激しく、まき直しをせざるを得ない。幸吉の話では、めずらしいことではないという。農業とは、自然と真っ向から向き合うものであり、根気よく、続けるしかない。

文哉が暮らす海が見える家は、天気のよい日は、遠く富士山まで望める。しかしなにぶん海が近いため、自然災害とは常に隣り合わせでもある。

台風では、屋根を飛ばされた家もあった。塩害であらゆるものが錆びやすく、それにかかるメンテナンスの費用も馬鹿にならない。豊かな海が近く、眺望は最高なのだが、そうした現実もある。物事には必ずよい面とそうではない面があることを学んだ。

九月の終わりには、新たな試みとして、契約者向けの季刊情報紙「南房総つうしん・秋」をつくって発送した。文字は文哉の手書き。イラストは凪子に頼んだ。表側には南房総や地元の話題を取り上げ、裏面はお知らせとして、軒数制限を設けた上で、自然栽培による野菜の宅配サービスの案内を載せた。

なにが入るかはお楽しみの〝幸吉さんの野菜の玉手箱〟。

凪子の流木のオブジェや彰男のビワの葉染めの作品の通販にも触れた。夏だけでなく、ほかの季節にも頻繁に別荘を利用してもらうため、秋からのイベント計画についても告知した。

秋の農業体験&サツマイモとカボチャの収穫祭。

冬の山野井農園ビニールハウスでの鍋パーティー。

春のビワ山散策と山菜採りツアー。

ありがたいことに、契約者の何人かから返信のハガキをもらった。そのなかには、自然栽培野菜の宅配サービスの注文もあった。

「ぶかっこうでもいいから、文哉さんがつくった野菜もぜひ入れてください。おまけで（笑）」

稲垣さんの手紙にはそうあった。

43

そんなある日の午後、畑で作業中の文哉の携帯電話が震えた。

「やっほー、元気にしてるー？」

その脳天気な声は、音信が途絶えていた姉の宏美だった。

宏美はここを出て、あれから東京へ行き、今は神奈川県の、ちょうどここから対岸に位置する真鶴（まなづる）という街にいるらしい。驚いたことに、子供の頃に別れた母と再会した、というではないか。

文哉が小学二年生のとき、両親は離婚。それ以来、宏美と文哉は母のいない人生を送ってきた。文哉が思春期を迎えた頃、宏美はこともなげに両親の離婚の理由について「母さんが、ほかの男と逃げたからでしょ」と口にした。それ以来、文哉は本気で母と会いたいと思ったことはなかった。

宏美の話によれば、母は父と離婚後、再婚したものの、再び離婚。今はどういうわけか、化粧品販売会社の役員に納まっているという。宏美はその会社の直営店で化粧品の販売員をしているらしく、別れた元夫から譲り受けたという母のマンションに居候を決めこんだ様子だ。

「なんでまた、会おうと思ったわけ？」

文哉が尋ねると、「だってさ、お父さんもういないんだし」と宏美は答えた。

まるで亡くなった芳雄を見限り、自分たちをいわば捨てた母に鞍替えしたようにさえ聞こえてしまう。

芳雄のノートパソコンに保存されていた画像の女性、カレンに会った話をしようかと思ったが、やめておいた。

「ねえ、この家のリビングからもね、海が見えるんだよ」

宏美の声は浮かれ気味だ。「文哉も一度こっちにおいでよ」

文哉は返事をしなかった。

父と母がなぜ別れたのか、本当の理由はわからない。しかしそれを今さら母と称する人の口から聞いたところで、なんになるだろうか。生前の父の過去をすべて知りたいなどとは思わない。どだい無理な話でもあるし、父は、父、自分は、自分なのだ。

文哉は、父とは正直うまくいっていなかった。お互い避けていた。ただ、文哉が大学を出るまでの援助をしてくれたのは、紛れもなく芳雄だ。そのことには、今も深く感謝しているし、忘れるべきではない。

「そっちで、ひとりでさびしくないの？」

宏美が心配そうな声をかけてくる。

「いや、それどころか、たまにはひとりになりたくなるよ」と文哉は答えた。

「家族なんだからさ、遠慮することないって」

宏美は言うが、その言葉がかるく感じてならない。

――家族。

その自分にとってかなり不確かな響きに、うまく反応できない。

おそらく姉とは、生き方がちがうのだ。宏美には、宏美の生き方がある。なにも無理に一緒にいることはない。

父の死がもたらしたひとつに、家族からの解放がある。父がこの世からいなくなり、文哉は頼る者だけでなく、自分を縛る存在をも失ったのだ。箍（たが）が外れる、というのは、秩序を乱すという意味だが、自分の場合、ふっ切れたのはたしかだ。だから今さら、その箍になるやもしれぬ、顔もよく思い出せない母と称する人に会おうとは思えなかった。社会につくりあげられた家族という幻想を頼りにして生きることはしたくない。

「わるいけど、今取り込み中なんで」

文哉はそう答え、電話を切ると、手にした鍬を高く振り上げた。

44

今や文哉には、父が遺した海が見える家だけでなく、幸吉から借り受けた二反、約六百坪の畑、もらい受けた十一フィートの中古ボートがある。

長らく休耕地だった土地には背高泡立草（せいたかあわだちそう）がびっしりと生え、畑にもどすには根気と時間が必要だった。処分を頼まれたボートは、手続きを踏んで名義を変え、自分で修理をした。物置にあった船舶免許の必要のない二馬力船外機も交渉の末、植草からもらい受けた。

ボートの持ち主だった故人は、海の岩礁でアンカーを失ってから、ボート釣りには行かなくなったようだ。ボートには、切れたロープだけがつながれていた。そのため中古のアンカーを手に入れた。操船に慣れたら、いずれ船舶免許を取り、馬力のある船外機に変える計画だ。

借りた畑には、何種類もの野菜のタネをまき、中古のボートでは、これまで狙うとすらしなかった、カワハギやアジを釣ることができるようになった。

そんな文哉は、働く、という意味が少しだけわかってきた気がした。お金を稼ぐことだけが、働く、ではない。生きていくため、食うために、まずは働く。それは組織に属し、賃金を得るだけが方法ではない。自分が生きていくため口に入れるものは、なにもお金で買わなくてもよいのだ。それに家事や育児、他人を手助けすることだって立派な仕事だ。そのことに気づくだけで、かなり気持ちが楽になった。

持続可能な自給自足には、まだまだほど遠いけれど、お金とは別の手段で食べるものを手にできる。これはとてつもなく大きな生活の変化であり喜びだ。自分でとってくることもできれば、つくることもできる。あるいはもらう、交換する。

もちろん、この社会ではお金も必要になる。それは自分がやりたいことで稼ぎたい。大切なのは、自分なりの生き方、働き方かもしれない。それは本来、だれかに押しつけられるものではなく、自分自身で選ぶべきものだ。

それらの発見と実践は、ここへ来たときと比べれば大きな前進だ。田舎にいるはずなのに、まちがいなく自分の世界、視野は広がっている。自由になった。

そんな日々の暮らしのなかで、幸せを感じる瞬間がある。その邂逅は、サーフィンによく似ているかもしれない。サーフィンは長い時間、海のなかで過ごすが、うまく波に乗れるのは、ほんのわずかな時間に過ぎない。でも、波の上に立ったなら、その一瞬が至福のときであり、たまらなく愛おしいのだ。

父が遺した一枚の写真。それは書斎の机の上に置いてあった時計付きの写真立てに入っていた。だれもいない砂浜と緑の生い茂った山の風景が写っている。波に乗ったサーフボードの上から、シャッターを切った構図だ。一見、なんの変哲もない風景だが、今ならその写真の意味がわかる。

物事は、見る立場が変われば、見え方はまったくちがってくる。そのことをシンプルに表現している。おそらく芳雄にとってこの景色は、額縁に飾りたくなるほど美しく見えたのだ。芳雄だから見いだせた、最も思い出深い瞬間だったのだ。

美しいとされる場所を検索して訪れるのではなく、自分自身の日常のなかで感動を見いだせる人間になりたい。長く生きることよりも、そんな自分の幸せの瞬間を積み重ねながら生きることこそ、文哉には意味があるように思えた。

今、文哉には、家族と呼べる者はいないかもしれない。でも自分には、それに代わる者たちがそばにいてくれる——。

心の整理がつくと、文哉は短いメールを打って、宏美に送信した。

〝真鶴へは行きません。母という人に会おうとは思いません。自分は、こっちの、海が見える家で暮らします。ここで自分にとっての家庭をつくれたら、今はそう思っています。お元気で。〟

45

南房総に再び冬が訪れた。

霜の降りた朝、まばゆい日の光を浴びた青い葉を束ね、文哉は初めて自分でタネから育てたダイコンを土からひっこ抜いた。それはまるまると太った、今や栽培数が減っているというミウラダイコンだ。白くきめの細かい肌が美しい。ひと粒の、ゴマ粒ほどの小さなタネが、こんなに立派な大根に育つ。

あらためて自然の力を強く感じた。

「そうだっぺ」

幸吉が言う。「えらいのは、人間じゃねえのよ。育てたなんて思い上がりさ。こいつらは、勝手に大きくなる。立派なのは、ダイコン自身なんよ」

小松菜もホウレンソウもすでに何度か収穫した。冬でもこんなに野菜が育つのだと驚くとともに、食べるものがなく、幸吉の畑からダイコンを盗もうとした去年の冬を思いだし、ありがたさに涙がこぼれそうになった。

「人生で一度でもダイコンを育てりゃ、ダイコンってもんがより身近に思えんだろ？」

幸吉の言葉に、そのとおりだと思った。それに、なんというか、自信もつく。

自分の畑のとれたての野菜の味は、格別だ。それこそ、見た目なんて関係ない。なにより安心でもある。

スーパーで買えば、一本百円そこそこのダイコン。だが、それを自分で収穫できたことが、文哉には誇らしかった。自分で食べてしまえば金は得られないが、金には換算できない価値がある。

春になり、寺島のボートでブリを釣りにいったら、収穫したダイコンと、釣り上げたブリで、ブリ大根をつくり、みんなに振る舞えればと考えたりした。

自然栽培野菜の宅配便、第二弾の発送をすませた夜、幸吉と二人で家の庭で酒を飲んだ。

「自給自足はできてっか?」

幸吉に問われた。

「ええ、かなりそのパーセンテージは上がってきたと思ってます。十月、十一月は、食料を買うために財布からほとんどお金を使いませんでした」

「ほう、そうけえ」

幸吉は、秋に文哉が拾って保存しておいた、炒ったギンナンの実をつまんだ。

「でも」と文哉が口にしかけると、「まあ、肉を別にすれば、問題は主食だっぺ」と幸吉が言った。

「そうなんです」

「なにを食ってた？」

「畑の野菜はもちろんですが、秋は魚も釣れましたし、山に入れば木の実も生ってますしね。マテバシイの実はかなり拾って、保存食用にとってあります」

「どんぐり食ってるわけか。じゃあ、コメはどうしてる？」

「必要なときは買ってます」

「ふっ」

と幸吉が笑う。「やってみっか？」

「コメを、ですか？」

「ああ、コメっていっても、おれが考えてるのは、自然のなかでのコメ作りさ」

「え？」

「山でコメをやってみっか？」

「でも、コメって、水を張った田んぼでつくりますよね？」

「水稲はたしかに水田に田植えをするわな。でも、畑でだってやれねえことはねえ。しかも苗ではなく、直播き(じかま)でよ」

「それで育つコメなんてほんとにあるんですか？」

「――ある」

幸吉はうなずいた。「〝オカボ〟さ」

「オカボ？」

「コメにもいろいろあんだ。おれが前から試したかったのは、陸の稲と書く陸稲だ。リクトウ、とも呼ぶらしい」

幸吉のしわを引いたまなじりが垂れる。「春になったらタネをまいてみっか」

「でも、どこにですか？」

「だから、おれの山さ。今は使ってないビワ山の南の斜面をきれいにしてな。オカボはよ、肥料も使わず、水も与えず、自然のなかで育つのさ。東南アジアなんかでは、今でもそうやってコメをつくってるって話だ。まずは、おれとおまえが食えればええだろ。オカボをやってる畑は少ねえ。言ってみれば貴重品さ。栄養もあっから、あまったら、それこそいい値で売れっかもしれんぞ」

「おもしろそうですね。やりましょう」

文哉は話を聞きながらわくわくした。

すかさず一升瓶を傾け、幸吉が差し出した蛸唐草模様の蕎麦猪口に酒を注いだ。

46

三月、野菜の苗作りのタネまきをはじめた頃、近藤不動産の社長から連絡をもらった。その電話で、別荘管理の契約希望者を三人紹介された。

さらに文哉に、空き家の管理を任せられないか、という話があった。日本全国に増え続ける空き家は、大きな社会問題になっている。ここ南房総でも例外ではない。別荘として使っていた家が、訪れる者がいなくなり、そのまま空き家になっているケースも少なくないらしい。

なぜそんな話になったかといえば、あらためて文哉と別荘の管理契約を結んだ植草から、別荘を売るのはやめると社長に電話があったそうだ。その際、文哉が勧めた別荘の活用プランを植草から聞いたらしい。

去年の秋以降、再契約をした植草からちょくちょく電話をもらうようになった。無理に別荘を売ることはないと助言した文哉は、空き家の有効活用についての具体的なアイデアをいくつか提案した。そのひとつである空き家を使った民泊について、植草は父から相続した別荘で試してみる準備を進め、その管理運営を文哉は依頼された。

そんな話を耳にはさんだ社長は、以前から空き家の管理の要望を多数受けていたこともあり、文哉に仕事を打診してきた、というわけだ。

いくつかの条件の説明を受けたあと、「どうだね?」と社長に問われ、「ぜひ、やらせてください」と文哉は答えた。

それをきっかけに、別荘とはまたちがう、空き家の管理サービスの提供という新たなビジネスの扉を叩くことに決めた。

願ってもないチャンスに、文哉は大きく舵を切った。

47

「それで、手続きのほうはすんだのか?」

夕暮れの迫る縁側で和海に声をかけられた。

「はい、無事に登記をすませました」

文哉は車のルーフから降ろしたボートに腰かけ、答えた。

会社を退職した二年後の春、文哉は会社を立ち上げ、代表取締役に就任した。といっても、いわゆる一人会社(いちにんかいしゃ)だ。

なぜなら、会社という体裁をとっていなければ、逃してしまうビジネスもあると学んだからだ。それに一人会社であれば、無理に利益の追求をする必要もなく、暮らしていけるだけの金を稼ぎ、チャンスがあれば、自分のやりたいことにチャレンジすることができる。

会社の定款には、頭のなかにあるあらゆる事業目的を盛りこんだ。詰めこんだといってもいい。会社設立自体は、そうむずかしくなかった。

「そうかい、そいつはおめでとう」

「ありがとうございます。これからもよろしくお願いします」

文哉はあらたまって頭を下げた。

「こちらこそよろしく、株式会社南房総リゾートサービス、緒方社長」

「またあー」と文哉は照れる。

でも、正直うれしい。

会社の資本金は一円でもいいかと考えていたが、信用に関わると寺島が永井さんと相談し、それぞれ五十万円ずつ無担保で出資してくれた。文哉は自分の貯金と合わせ、百五十万円の資本金で会社をスタートさせた。

気がつけば文哉の手がける仕事は多岐にわたっていた。そのなかでも、核となる別荘と空き家の管理は、和海に手伝ってもらっている。季刊情報紙「南房総つうしん」の送付先も増え、通販の売上も順調に伸びている。

自然栽培による野菜の宅配便は、幸吉が頼り。とはいえ、同じ農法に取り組む仲間を募った。彰男も参加したひとりで、家業であるビワの栽培や加工と合わせ、精力的に取り組みはじめた。

幸吉から聞いた話をもとに再現した新商品、ビワの葉で染めた布を筒型に縫い合わせた〝どかん〟が人気商品となった。雑貨屋「あんでんかんでん」は、今や凪子の協力なくしてはまわらない。併設したカフェには中瀬をはじめ常連客がつきはじめ、口コミの影響か、週末には意外な賑わいをみせている。

ただ、これははじまりに過ぎない。

それに、金儲けが人生の目的ではけっしてない。

勤めた会社をすぐに辞めてしまった文哉は、働く者が自分の仕事を楽しめる、そんな自分にとっての理想の会社を目指そうと思った。

以前、電話で寺島と話したときに言われた。金持ちになるより、幸せになるほうがずっとむずかしい。七十年生きてきてわかったのは、そのことだと。

たしかにそうかもしれない。

南房総のこの辺りには多くの別荘が建っている。それは見た目も素晴らしく、瀟洒な別荘ばかりで、維持するだけでも費用がかかる。でも多くの別荘は、使われるのは年に数回。年に一度も人が訪れる気配のない別荘だってたくさんある。

それはなぜか——。

——彼らにはお金があっても、肝心の人生を楽しむ余裕がないのだ。

そこに、人生の大いなるヒントが隠されている気がする。

父から譲り受けた文哉の家は、そんななかにあっていちばんみすぼらしく奇抜だといえる。文哉自身、暮らし向きは、今も楽だとは言えない。

だが文哉は、その家に居ながらにして、毎朝、海を眺めている。

夕方にも、夕陽が沈む海をよく眺める。

そういう暮らしを手にした。

目指す自給自足については、幸吉の助言もあり、今年から平飼いでの養鶏、花の多い地の利を生かした養蜂もはじめるつもりだ。さらに野菜の販売にあたって、もっと野菜に精通するべく、野菜ソムリエの資格を取ることを検討している。

「なあ文哉、明日の朝、海に出ないか?」

和海がなにげない感じで誘ってくる。

「でも明日は、オカボのタネまきですよ」と文哉は答えた。

「朝早く行きゃあ、問題ねえだろ」

「そうですね、その前に何本か乗りましょうか」

「おう、ひさしぶりに行こうぜ」

和海の頬がゆるむ。「でな、もうひとり、連れてってもいいか?」

「え、だれですか？」

「ん、凪子さ」

「へえー、サーフィンはじめるんですか、凪子ちゃん」

「よくわからん……」

「だったら、おれのロングボード貸しましょうか？」

「おまえはどうする？」

「カズさんのショートボードを貸してください、練習したいんで」

「へっ、ワイプアウト、するんじゃねえか」

和海に笑われた。

「――よっ」

そこへ、野球帽をかぶった中瀬が現れた。おすそ分けの品だろうか、なにやら手にぶらさげている。

「こないだ文哉からもらったタマネギな、ありゃあ、生で食ったら、えらくうまかったなあ」

「そりゃあ、とれたての新タマネギですから」

文哉は胸を張ってみせた。

「これ、少ねえけど」

中瀬は袋を差し出した。なかにはワカメらしき海藻が入っている。

「そういやあ、今日ボート出してたろ。なんかとれたか？」

どうやら陸から見られていたらしい。

文哉は苦笑し、「狙ったわけじゃないんですけど、ついに仕留めましたよ」と答えた。

「え、なにさ？」

「まさか、ハコフグかい？」

「──いえ、こいつです」

文哉はバケツに手をのばし、とぐろを巻くようにして息絶えた魚の首をつかんで持ち上げてみせた。長さは一メートル近い。

「うひゃ、ナマダでねえか」

中瀬はウツボを土地の呼び名で指さした。「よく仕留めたな」

「ええ、一度食べてみたくて」

「どうやってとった？」

「小アジが釣れたんで、それを餌にして泳がせ釣りをしてたんです。狙いはマゴチだったんですけどね。そしたら、こいつが掛かってしまって」

「活け締めにしたか？」

「ボートの上で、きっちりナイフで締めましたよ」

「でかした」和海がうなずく。

「ナマダは危ねえからな。噛まれでもしたら、指もってかれるから気をつけろよ。それにしても、なんかなあ、文哉は地のもんよか、ここの海を知ってきたんじゃねえか?」

「いえいえ、そんな」

「へっ」と和海に笑われる。「じゃあ、今日は文哉にご馳走になるか」

「せっかくだから、ナマダのたたきで一杯やんべえ」

中瀬が右手をくいっと顔の前でしゃくる。

「だったら、幸吉さんも呼びましょうよ」と文哉が言った。

「おう、そうすべ。テラさんもいるだろ」

「唐揚げでも食いたいから、凪子に頼むか」

和海が腰を上げようとする。

「じゃあおれが、みんなを呼んできますよ」

文哉はボートから立ち上がり、西日で染まりだした坂道に出て、歩きはじめた。

不意に、亡くなった父が記憶していたという、高校時代に自分が投げつけた言葉を思い出した。

「自分の人生がおもしろくないなら、なぜおもしろくしようとしないのか。他人にどんなに評価されようが、自分で納得していない人生なんてまったく意味がない」

文哉は、自分自身に問いかけてみる。

おまえの人生はどうだ？

おもしろいか？

おもしろくしようとしているか？

大きな夕陽が水平線にひっかかるようにして海に落ちかけている。海も砂浜も港も海岸沿いの道路も、あたたかな夕焼け色に照らされている。頬を同じ色に染めた文哉の瞳には、海に向いたあらゆるものが輝いて見えた。そして、そのなかにいる自分に気づき、ほほえんだ。

参考文献

『フィールド・ノート１　土の味』白土三平　小学館
『フィールド・ノート２　風の味』白土三平　小学館
『自然農法　わら一本の革命』福岡正信　春秋社
『古伊万里入門　肥前磁器の歴史散歩』久保初則

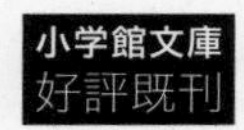

海が見える家

はらだみずき

入社間もないブラック企業を辞めた直後に届いた、父の訃報。南房総へと向かった。遺品整理をしながら、父の終の棲家で暮らしはじめた文哉は、生前不仲だった父に興味をもつようになっていく。

本書のプロフィール

本書は、書き下ろしです。

小学館文庫

海(うみ)が見(み)える家(いえ)　それから

著者　はらだみずき

二〇二〇年八月十日　初版第一刷発行
二〇二四年九月二十四日　第九刷発行

発行人　庄野　樹
発行所　株式会社　小学館
〒一〇一-八〇〇一
東京都千代田区一ツ橋二-三-一
電話　編集〇三-三二三〇-五二三七
　　　販売〇三-五二八一-三五五五
印刷所――大日本印刷株式会社

この文庫の詳しい内容はインターネットで24時間ご覧になれます。
小学館公式ホームページ　https://www.shogakukan.co.jp

ISBN978-4-09-406796-5